JURO COMBATIRTE

AGENTE ESPECIAL AINARA PONS Nº 3

RAÚL GARBANTES

Obtén una copia digital **GRATIS** de *Los desaparecidos* y mantente informado sobre futuras publicaciones de Raúl Garbantes. Suscríbete en este enlace: https://raulgarbantes.com/losdesaparecidos

ÍNDICE

PRÓLOGO

Upper East Side, Nueva York
28 de diciembre
4:00 p. m.

TENÍA que ser aquí en donde terminaría todo, Nueva York. ¿En dónde más?

Se filtran pocos rayos de sol entre las nubes grises, mi preciosa ciudad luce opaca y triste. Es como si el día estuviera preparándonos de manera velada para todas las calamidades que podrían ocurrir, como un telón gris a punto de subir para la presentación de una obra sangrienta.

Siento el teléfono desechable vibrar en mi bolsillo. Me hace tragar saliva, espero que sean buenas noticias, necesito que Junior y Amy estén seguros, por si todo sale mal. Mason, el jefe del Servicio Secreto, me observa de soslayo al notar mi reacción. Está en alerta máxima. Le sonrío por los nervios y bajo de la tarima.

Dejo de prestarle atención al discurso del presidente. Me alejo un poco más para que los altavoces me permitan escuchar y poder atender el celular. Los agentes que protegen al presidente se mantienen alertas, observándonos a todos sin importar que seamos del mismo bando. Es impresionante el nivel de seguridad, el problema es que nadie se imagina de dónde saldrán los enemigos, ni siquiera yo.

Respiro profundo y al fin contesto.

—Ainara. Ya… lugar…

—¡Junior!

—Estamos…

—¡No te escucho, Junior! Hay interferencia de señales. ¿¡Lo lograron!? —pregunto, impacientándome.

Sé que no falta mucho para que suceda y necesito más ventaja o quedaré sin opciones.

—Sí, esto… con Amy y su espo… —dice Junior por fin.

—Apaguen todos los aparatos electrónicos. No se comuniquen con nadie, si no me comunico en cinco días, acuden al plan B, ¿¡entendido!? —ordeno.

Los ensordecedores estruendos de ráfagas de disparos paralizan el acto por una fracción de segundo, hasta que todos reaccionamos. La piel se me pone de gallina, el corazón me brinca dentro del pecho y la respiración se me agita. Comenzó el momento de la verdad, vivir o morir. La multitud que escuchaba el discurso del presidente Nathaniel Morgan se dispersa a toda velocidad, en medio de gritos y empujones, mientras los agentes del servicio secreto hacen su trabajo, cubriendo al número uno del país.

—¡¿Ainara, qué pasa!? —escucho a Junior preguntar por el auricular antes de dejar caer el teléfono.

Los disparos comienzan a aumentar y provienen desde todos lados, atinándoles a uniformados e inocentes. Me cubro, debo ubicar a mi verdadero equipo entre la multitud. Localizo a Danny y a Jonas fácilmente, son los únicos que corren hacia mí junto con otros colegas de Seguridad Nacional.

—¡Vienen desde diferentes direcciones! —grita Bennett al llegar desde otro lado y colocarse a mi costado—. ¡Equipo Beta, repliéguense!

—¡Disparan desde las ventanas! —suelta Danny.

Caen de uno en uno los hombres que rodean al presidente y los que repelen el ataque. «Los hombres del Anillo están en todos lados», recuerdo, entretanto intento encontrar desesperadamente un objetivo al cual darle antes que no quede ninguno de nosotros.

—¡Muévanse, no estorben! ¡Abran paso! ¡Manden a la Delta Force ya ya ya! —grita Mason, el jefe del Servicio Secreto, quien guía la retirada del presidente.

—¡Fuego de cobertura! —ordeno a los dos hombres de Seguridad Nacional que quedan bajo mi mando.

—¡Derecho, derecho! ¡Tumben la puerta! Necesitamos entrar en el edificio y poner al presidente a…

Un disparo derriba a Mason, pero se arrastra para ponerse a cubierto. Al mismo tiempo, otro hombre de su equipo sale de formación y comienza a dispararles a los demás miembros.

—¡Mierda! —suelto.

Antes que yo le apunte, Bennett le dispara en la cabeza. El presidente cae al piso preso del pánico, tiene los ojos muy abiertos, está entrando en *shock*.

—¿¡Qué está pasando!? —grita desesperado.

—¡Vienen más, se acercan! —grita Jonas—. ¡Entremos!

Hay agentes disparándose y disparándonos por todos lados. No puedo distinguir cuáles son buenos y cuáles son malos hasta que las miras se posan en nosotros. No sé bien qué hacer. Tenía un plan, pero esto nos sobrepasa.

—¿¡Dónde está nuestra gente!? ¿¡Por qué aún no llegan las fuerzas especiales!? —suelta Danny, desesperado—. ¡Ayuden a cargar al presidente, necesitamos salir de aquí! ¡Somos carne de cañón!

—¡Ainara! ¿¡Hacia dónde!? —pregunta Bennett.

Los disparos caen más cerca. Lucas, otro miembro del equipo de la seguridad presidencial, se coloca sobre el presidente para protegerlo y en menos de tres segundos es alcanzado por varias balas; muere al instante. Me quedo paralizada y todo se empieza a ver en cámara lenta.

—¡Ainara!

—¡Ainara!

—¡Ainara!

Repiten mi nombre, hasta que el fuerte golpe de la palma de Bennett en mi rostro me hace volver.

—¡Entren! ¡Mason, Danny y yo los cubrimos! —grita Bennett—. ¡Ahora ahora ahora! ¡Ya!

Tomo al presidente por los hombros, levanto su torso y lo empujo hasta el interior de la entrada trasera del edificio con ayuda de Jonas. Entramos en un pasillo. Volteo apenas entro para verificar que Bennett y Danny vengan detrás, pero lo último que veo antes de que se cierre la puerta es a mi Danny caer al suelo por varios impactos de bala. El corazón se me comprime. Quiero volver por él, sin embargo, no puedo salir, debo continuar con el plan o nada habrá valido la pena.

Varios fuertes estruendos a mi espalda me hacen dar un respingo. Al girarme, veo al presidente caer y el arma apuntando a mi pecho.

—No tengo elección…

El sonido me aturde y la bala me tumba. Todo se vuelve oscuro.

UN GRAN CUMPLEAÑOS

Vivienda Pons-Reed, Washington D. C.
Un mes atrás
Jueves 28 de noviembre
7:00 a. m.

EL DOLOR de cabeza ya se me está pasando y decido levantarme de la cama. Danny lo hizo temprano, seguramente para hacer ejercicios y mantenerse en forma.

Me tomo una pastilla para la resaca y me cepillo los dientes. Mientras lo hago, me cuesta trabajo reconocerme en el espejo. Ya casi no conozco a esa mujer, no sé qué hace en Washington ni qué espera del futuro. Si un ridículo psicólogo me hiciera la típica pregunta de «¿en dónde te ves en cinco años?», no tendría la más mínima idea de qué responderle.

Ya ni siquiera pierdo tiempo prometiéndome que dejaré de beber, creo que no hay vuelta atrás. No me mataron en cientos de oportunidades, quizá termine haciéndolo la bebida.

Salgo de la habitación para intentar comer algo antes de irme al trabajo.

—¡Buenos días! ¿Lista para desayunar, princesa? —pregunta Danny cuando entro en la cocina, tan enérgico y alegre como siempre.

No me siento de humor hoy, al igual que casi todos los días. Por lo que no puedo evitar contestar de mala forma.

—Te he dicho que no me gusta que me llamen princesa, bebé o algo parecido. Tengo treinta y dos años ya…

—Treinta y tres. Feliz cumpleaños, amor.

¿Hoy es mi cumpleaños? Al ver que saca de atrás de la espalda un pastel que debió hornear él mismo —se nota casero— desde muy temprano se me pasa el mal humor. Lo abrazo y lo lleno de besos mientras le digo cuánto lo quiero y le agradezco el bonito gesto, uno que no tuve con él en su cumpleaños.

Bob, mi fiel bestia negra, no tarda en acercárseme para saludarme moviéndome la cola. Me arrodillo en el suelo para también abrazarlo y darle amor.

Mi teléfono suena, es Junior.

—¡Feliz cumpleaños, Ainara!

—¡Te acordaste, Junior!

—¿Tú sí?

—La verdad es que no.

—¡Pagarás los pasajes de regreso! —grita Junior.

—¡Tramposo! —dice una voz femenina y familiar.

—¿Amy?

Sigo escuchando la discusión, pero ya no por el auricular. Mi corazón se acelera de la emoción. Camino rápido hacia la entrada de la casa, de donde proviene la bulla. Abro la puerta y ahí está, la familia que me queda. Me devuelven la sonrisa al verme.

—¡Amy, Junior! ¡Vinieron por mí! No puedo creerlo.

—¿Por quién más vendríamos a esta ciudad? Apesta a

políticos «besa traseros» —dice el muchacho y luego me abraza.

—Te ves bien, Junior, y tú, Amy, el matrimonio te ha asentado de maravilla.

Me devuelven los cumplidos y los invito a pasar. Al entrar llamo a Danny para que salga a saludar, sin embargo, él ya nos esperaba a los tres con el desayuno servido en la mesa. Sabía que ellos llegarían.

Les reclamo por haber tramado la reunión a mis espaldas.

—Según ella es experta en patrones y no pudo darse cuenta de que teníamos un mes planeándolo —dice mi querida amiga en tono de burla.

—¿En manos de ella es que está la seguridad del país? —cuestiona Junior entre carcajadas.

Danny intenta defenderme en vano, pues no paran de hacer bromas con mis habilidades de deducción. Las que en realidad no he utilizado en mucho tiempo y deben de estar oxidadas. Mientras ellos comen, me levanto con mi taza de café, no tengo apetito.

—Voy al baño un momento y me vestiré. Debo llegar temprano a la oficina. La secretaria Leonore avisó de que habrá una reunión a primera hora —informo.

Intentan hacer que me quede más tiempo para conversar, algo que no estoy segura de querer hacer. Que hayan venido me alegró el día, pero quiero estar sola. No sé qué me está pasando últimamente, todo me irrita.

Primero recargo mi bebida con unos dedos de *whisky* y, mientras lo hago, escucho que hablan de mí preocupados, sobre que no luzco muy bien. Los ignoro y continúo en lo mío. Bob me encuentra y se me queda mirando fijamente, como si supiera que no debería estar tocando una botella tan temprano y él no aprobase mi comportamiento. ¿Cómo no amarlo? Le doy cariño y subo a prepararme para ir a la oficina.

~

_7:30 p. m._

Leonore se ha estado comportando muy extraño en la oficina y estoy segura de que no soy la única que lo nota. La reunión de la mañana no se trató de algo oficial de trabajo, conversó con el personal, nos felicitó por nuestro desempeño, pidió almuerzo para todos y ahora compartimos unos tragos en una especie de celebración. Dos cosas son realmente extrañas; una es que ella luce muy alegre, hasta simpática, y nadie, ninguno de los que llevan años trabajando con ella la habían visto así, ni yo en mis dos años como agente de Seguridad Nacional; lo segundo es que el subsecretario Bruno Powell no está y ha sido su mano derecha durante años, tengo entendido.

Quedé con los muchachos en que iríamos a cenar apenas saliera de aquí. Danny y Amy tienen rato llamándome y enviándome mensajes, pero aún no puedo irme porque Leonore me pidió que la esperase, ya que tiene un gran anuncio que hacer y, según ella, me necesita presente.

—¡De acuerdo, muchachos! ¡Es hora de darles el anuncio que les prometí! —exclama Leonore mientras camina con una copa en la mano hacia el centro de la oficina—. Mi gran amigo Bruno Powell, por razones personales, ha decidido abandonar su cargo como subsecretario. Algo que me entristece, pero que debo respetar. Sin embargo, la historia continúa y alguien debe ocupar ese puesto inmediatamente. Agente Pons, acérquese.

Todos voltean a mirarme y yo tardo un momento en entender que es a mí a quien llama, lo que puede significar que el puesto es mío. Camino hacia ella, con la total certeza de que nada de lo que diga me hará la vida más fácil.

—Cuando pensaba en quién podría ocupar el cargo que dejó vacío Bruno, me venían muchos nombres a la cabeza, la mayoría eran de ustedes. Agentes capaces que han dejado años de sus vidas en estas oficinas y en el campo con un solo y único objetivo: ¡proteger a este grandioso país! Miré muchas hojas de vida y a los protagonistas de nuestros grandes aciertos, pero solo el historial de una persona me cautivó lo suficiente y me hizo recordar por qué se la robé al FBI…

Leonore continúa halagando mi trabajo hasta que, por fin, anuncia que seré la nueva subsecretaria de Seguridad Nacional. Aunque, sinceramente, mi tiempo trabajando para esta agencia ha sido de lo peor de mi carrera, por lo que nunca me imaginé esto.

Intento hablar con ella, pero se coloca su teléfono al oído y se encierra en su oficina a hablar. Mis compañeros no paran de felicitarme por el ascenso y porque también se enteraron de que es mi cumpleaños, gracias a mi jefa. Si bien se supone que debería sentirme feliz, el no entender por completo la situación me lo impide.

Veinte minutos después, Leonore sale. Ya no luce tan alegre, su mirada es fría. Al acercármele, me ordena que vaya a mi celebración privada y que esté pendiente de mi teléfono; me llamará.

—Ainara, ve y disfruta el tiempo que puedas.

—Señora Leonore, por favor…

—Ve y disfruta estas horas. ¡Es una orden!

Me pone la mano en el hombro y con un gesto me insiste en que me vaya. Se da la media vuelta y vuelve a ponerse el teléfono al oído.

〜

***Le Diplomate**
10:05 p. m.*

Danny, Junior y Amy me trajeron a un bonito restaurante en el centro de la ciudad. Mientras compartimos unas cervezas, hablamos y esperamos unos nachos; para mi grata sorpresa, Jonas y mi exjefe Phillip aparecen junto con sus esposas. También vinieron desde Nueva York para estar conmigo en la celebración. Aunque no ver a Peter con ellos me desilusionó un poco.

Jonas pide una botella de tequila y Phillip una de champán mientras las rondas de cervezas no paran de llegar. Recordamos los buenos tiempos, los pocos, y pasamos un rato increíble. Tenía tiempo que no me sentía así de satisfecha, a pesar de que no me puedo sacar de la cabeza a Leonore, su atípico comportamiento y mi nombramiento; no tiene sentido.

—Ainara, ¿cómo te trata Seguridad Nacional? ¿Volverás algún día a casa? —pregunta Phillip—. El FBI no es el mismo desde que te fuiste.

—Espero que sí, señor. Extraño estar en mi casa —respondo.

—Hace mucho tiempo que nadie me pide que le pinche los teléfonos a un exsenador o que espíe a alcaldes, empresarios... Todo se ha vuelto muy aburrido sin la temeraria Ainara Pons —agrega Jonas sonriente.

La esposa de Jonas, en tono de broma, me pide que no vuelva, para evitar que lo meta en problemas. Entonces reímos y brindamos por los buenos tiempos.

—Yo no recuerdo cuándo tuve otra buena primicia para el periódico desde que Ainara se vino para Washington —añade Amy.

—¿Y a mí? —dice Junior— A mí me dejó solo a merced de esos neoyorquinos dementes…

—Junior, te graduaste hace tiempo y Ainara te ha dicho que vengas a vivir con nosotros.

—¿Y ser el hijo adoptivo de ustedes? Apenas me llevas, ¿cuánto, Danny, cuatro años?

Mi celular suena. Lo saco, esperando que sea mi jefa, pero creo que son mejores noticias. Pido disculpas, los dejo discutiendo por niñerías y salgo del restaurante para atenderle a Peter, tenemos más de dos años sin hablarnos.

El tráfico casi ha desaparecido por la hora, es tarde y solo pasan algunos escasos transeúntes. La brisa es fría, aunque afortunadamente no está nevando hoy. Tomo la llamada, hay silencio en la línea durante varios segundos.

—Disculpa por llamar tan tarde, Ainara —dice y se queda callado un breve instante—. Sí… feliz cumpleaños. Oye…

—Gracias, y también por llamarme, Peter —respondo y tardo en continuar—. ¿Por qué no viniste con Phillip y Jonas? ¿Cómo has estado? Ha pasado…

—Dos años. Después que hablamos aquella noche y decidiste irte…

Dejo de escucharlo al levantar la mirada y divisarla observándome fijamente desde el otro lado de la calle. La piel se me eriza. Leonore está dentro de una camioneta con los vidrios abajo, en el puesto de piloto. Su mirada es inexpresiva pero intensa al mismo tiempo. No es su auto, o no uno que yo conozca. Algo no está bien.

Mi corazón empieza a acelerarse.

—¿Ainara, sigues ahí? No fue mi intención…

Corto la llamada y, mientras camino hacia el auto de mi jefa, doy una última mirada a uno de los ventanales del restaurante para ver a mis amigos. Sonríen, beben y comen. Gran parte de mí quiere volver con ellos, a lo cálido, pero primero necesito saber qué le ocurre a Leonore.

Me subo y cierro la puerta. Luce peor de lo esperaba y

huele muy fuerte a alcohol, debió seguir bebiendo mucho. Ahora tiene la mirada hacia el horizonte y las manos le tiemblan un poco. ¿Qué puede asustar tanto a la secretaria de Seguridad Nacional?

—Leonore, ¿qué está pasando? Me estás poniendo nerviosa. ¡Nunca te había visto así, háblame!

Respira lento y profundo para recomponerse, aunque de sus ojos comienzan a descender lágrimas. Sube los oscuros vidrios delanteros e intenta hablar, tartamudeando al principio.

—Perdóname por meterte en esto, Ainara. De verdad que no quería…

Empieza a llorar y saca un arma de la puerta, la coloca en sus piernas.

—Leonore, podemos resolver cualquier problema. Guarda esa arma, por favor. ¿Qué haces? ¿Qué pasa?

—No tengo, no tenemos opción. Traté de resolverlo durante meses, pero no pude. Tuve que elegirte mi sucesora porque ellos me lo ordenaron.

—¿De qué estás hablando? ¿Quién te lo ordenó?

Ella mira su reloj y luego a mí.

—Estás a punto de conocerlos, Ainara.

Mi corazón se acelera más al oírla decir eso. Saco mi arma y velozmente miro los alrededores. Quienes sean capaces de asustarla así deben ser realmente poderosos.

—No veo a…

Mi teléfono empieza a repicar y Leonore a llorar con desesperación, a pesar de que lucha por controlarse. Veo la pantalla y dice número desconocido. ¿Son «ellos»? Leonore se me acerca al oído, me susurra unas palabras y me entrega algo en la mano. Vuelve a su asiento.

—Suerte, Ainara. No permitas que te controlen sin pelear.

Eres la única que puede detener esto, no conozco a alguien más capaz. Atiende la llamada, no les gusta esperar.

—No…

Veo sus movimientos en cámara lenta, pero por toda la confusión tardo en reaccionar. Lleva la pistola a su boca. Doy un brinco por el poderoso sonido del disparo mientras restos de su cabeza se esparcen por el auto y me salpican el rostro.

<MISSAINARAPONS@EMAIL.COM>

2

ME CUESTA DARLE órdenes a mi cuerpo para que se mueva, mi cerebro se quedó congelado. Jamás habría podido imaginarme que estaría en semejante situación, es irreal. No sé qué se supone que deba hacer ahora.

Lo que me dijo Leonore es casi tan grave como que ella se haya suicidado frente a mí, la mismísima secretaria de Seguridad Nacional. Tengo un *pendrive* que me entregó en la mano, harán una investigación extremadamente profunda hasta que se esclarezca todo, ¿debo ocultarlo?, supongo que debo verlo primero y luego decidir.

Mi teléfono no para de sonar y vibrar, siento que la bulla va a hacer que la cabeza me explote.

—¡Maldita sea! —suelto con furia.

Debí quedarme en el restaurante, siento que crucé una línea sin retorno.

Cuando al fin logro que mis temblorosas manos obedezcan, agarro el teléfono y, luego de respirar varias veces para tratar de calmarme, atiendo.

—¿Señorita Pons, Leonore no le dijo que no nos gusta esperar? —pregunta una voz sintetizada.

—¡Al diablo lo que les guste o no, desgraciado!

—Señorita Pons, le agradezco que termine con la hostilidad para que pueda volver al restaurante y hablar con Danny Reed, Amy Adams, Phillip Laurie y el resto de sus pocos seres queridos que se han tomado la molestia de organizarle una cele…

—¡Vete al infierno, maldito desquiciado! ¿¡Qué demonios les voy a decir!? ¿¡Qué le hicieron a Leonore!?

Estoy al borde de la locura, ver el cadáver de Leonore es escalofriante. No puedo pensar con claridad.

—Nada, señorita Pons. Usted fue testigo de que ella decidió quitarse la vida…

—¿¡Quién eres!?

—¿Puedo tutearla? —pregunta, pero no le respondo—. De acuerdo, lo tomaré como un sí. Ainara, normalmente, damos charlas de iniciación con más calma y en escenarios más «cómodos», y aunque no puedes desperdiciar el tiempo, dadas tus circunstancias actuales, te daré una breve introducción. Yo solo no tengo ningún valor. Los hombres poderosos que represento y yo somos una organización que busca el equilibrio en el país.

—¿Asesinando personas?

—¡Ainara, escúchame y cállate! —Eleva la voz—. Un transeúnte ya reportó un disparo en la zona, en breve estarán las patrullas ahí. Si fallas en la misión que te encomendaremos será el fin de todos tus seres queridos y sus familiares. ¡Así que presta atención!

—No eres el primero que me amenaza, infeliz…

—¡Pero seré el último! Solo debo dar una señal y todos los que están en ese restaurante volarán por los cielos al explotar el C-4 que instalamos después de que tu novio hiciera la reservación, hace dos semanas. Entonces te quedarás completamente sola en este mundo, sin amigos, sin familia, sin novio, y si en contra de toda probabilidad no terminas matándote y empiezas a recuperarte, nosotros estaremos siempre cerca para darte el final más doloroso que exista.

—No es posible… es mentira.

—Y si por alguna tonta razón piensas que puedes ganar, pregúntate, ¿cómo la gran Leonore O'Sullivan terminó pegándose un tiro en la cabeza por orden nuestra? Nosotros no somos asesinos seriales con enfermedades mentales que se dejan atrapar ni narcotraficantes ignorantes, tampoco nos agarrarás por sorpresa, porque nosotros te elegimos y conocemos hasta el más mínimo detalle de ti; qué comes, con qué frecuencia tomas *whisky* barato y te quedas dormida en la oficina, sabemos cuánto dinero te queda de la herencia de tu madre y en qué gastas cada centavo; conocemos al esposo de Amy mejor que ella, deberías decirle que se acuesta con su asistente; Junior consiguió un nuevo trabajo en un bufete de abogados decente, felicítalo; tu querido Danny, un buen muchacho, pero últimamente no lo tratas muy bien y lo puedes perder; Peter Bennett no debería morir sin que antes arreglen sus asuntos; y a tu amado Bob se le está acabando el alimento… Aunque podría seguir todo el día, no tenemos tiempo y la lasaña que te pidieron se va a enfriar.

Siento un inminente ataque de pánico, me cuesta mantener la calma. Toda esa información que tiene sobre mí es demasiado, además, el cadáver de Leonore, las amenazas a mis amigos y las sirenas policiales que empiezan a escucharse a la distancia. Maldita sea, maldita sea.

—¡Maldita sea! ¿¡Qué quieren de mí!? —grito sin poder disimular mi desesperación.

—Que seas parte de nuestra organización, como lo hizo tu predecesora durante unos cuantos años.

Cierro los ojos y respiro profundo. Necesito tiempo para poder pensar, debo seguirle el juego.

Danny salió del restaurante, no tardará mucho en encontrarme.

—No mataré a nadie. Veo a las patrullas acercarse y Danny…

—Ya te está buscando, lo sé. No matarás a nadie, no por ahora. ¿Tienes dónde anotar?

—No necesito anotar.

—<*missainarapons@email.com*>; contraseña: del cero al cinco más las tres primeras letras del abecedario. Allí estará toda la información sobre tu misión. Tienes siete días para cumplirla o… ya sabes qué ocurrirá. Algo que debes saber es que no damos segundas oportunidades, no aceptamos la mediocridad y los errores se pagan con la muerte. Nunca apagues ese celular y no intentes hablar de esto con nadie porque lo sabremos y entonces…

—Matarán a todos mis seres queridos. ¿Qué se supone que haga con Leonore?

Uno de los oficiales de la patrulla habla con Danny y luego señalan en mi dirección. Empiezan a acercarse.

—Eres astuta, Ainara. Sabrás qué hacer.

La comunicación se corta y mi instinto de supervivencia toma el control. Borro la llamada del registro y guardo mi teléfono. El *pendrive* lo escondo dentro de mi ropa íntima, no creo que algún agente se atreva a revisarme. En cuestión de segundos me invento una historia con lo poco que sabía de Leonore, se había divorciado hacía poco y no hablaba casi con sus dos hijos, se podría decir que no la querían mucho porque el trabajo abrió una brecha muy grande entre ella y su familia; estaba muy sola.

—¡Abran la puerta lentamente y salgan del auto! —grita el oficial de Policía con su arma desenfundada.

Danny logra reconocerme a pesar de la oscuridad y el vidrio, le ordena al uniformado quedarse atrás.

Abro la puerta y desciendo. Cuando él ve mi rostro, entiende que algo realmente grave ocurrió y corre hacia mí.

—Ainara, ¿qué pasa? ¿Qué hacías allí adentro? ¿Y esa sangre en tu rostro? ¿Quién está ahí? ¿Estás bien? El oficial me dijo que denunciaron un disparo.

—Yo… yo… no pude hacer nada para evitarlo. ¡No sé qué pasa! ¡No sé por qué lo hizo! —suelto con la voz quebrada desde adentro.

Mis emociones afloran más cuando Danny me toma en brazos y me besa en la frente.

—¿Qué pasó, Ainara? ¿Quién está allí? —pregunta él y al entender que no puedo hablar—. Está bien, ya pasó. Estoy contigo.

—¡Dígale a esa persona que baje ya mismo! —grita otro oficial que se une a la escena.

Phillip y los demás terminan de salir del restaurante. Al vernos, no dudan en acercarse e intentar entender qué ocurre. Danny le pide a uno de los oficiales que mire dentro de la camioneta. Mi corazón está por estallar, como si yo la hubiera asesinado y me fueran a descubrir.

—Hay una mujer muerta, disparo en la cabeza —suelta el oficial.

No los puedo ver, pero el silencio por el asombro y la confusión que deben tener me permite sentir cómo todos intercambian miradas temerosas y luego las posan en mí.

—Jonas, anda y ve de quién se trata —ordena Phillip.

Quisiera que fuera una maldita pesadilla, despertar en casa en brazos de Danny y quedarme allí para siempre, pero no lo es, y la vida de ellos ahora depende de mí. Debo mentirles a las personas que más quiero por su propio bien.

—¡Dios mío, Dios mío! ¡Es la secretaria de Seguridad

Nacional, Leonore O'Sullivan! —grita Jonas alarmado, nervioso.

Phillip y Danny se apresuran a acercarse al auto para confirmarlo. Amy se me aproxima sin decir nada y me abriga con su suéter. Junior me toma por el rostro.

—¿Estás bien, Ainara?

Lo niego con mi cabeza y él me abraza.

Lo peor de todo es que no tengo idea de quién o quiénes son mis enemigos, y que no soy la misma Ainara de hace unos años: soy un desastre con problemas de bebida.

~

Seis horas después de la muerte de la secretaria del Departamento de Seguridad Nacional
Viernes, 4:40 a. m.

—¿Puede repetirme qué pasó exactamente, agente Pons? Desde el momento en que la señora Leonore llegó al lugar —pregunta otro agente de Asuntos Internos de mayor rango que acaba de entrar.

La mejor mentira es la que se basa en la verdad y es a lo que me he apegado las tres horas que llevo en la sala de interrogatorios de una comisaría de la ciudad.

—Hablaba por teléfono con el agente Bennett del FBI cuando la divisé al otro lado de la calle. Su aspecto me llamó mucho la atención, de inmediato supe que algo no andaba bien. Ni siquiera terminé de hablar con Bennett y fui directo a ver qué ocurría…

—Leonore le había dicho que la llamaría, ¿la esperaba ahí?

—Sí, después que me nombró subsecretaria, me dijo que me llamaría. Pero en ningún momento imaginé que se presentaría. Al entrar en el auto, noté que había estado llorando y seguía un poco ebria; el auto olía muy fuerte a licor. Comenzó a hablarme de su familia, que la extrañaba y que seguía deprimida por el divorcio, sentía que estaba sola en el mundo.

—Usted, ¿qué le decía?

—Le daba ánimos, claro. Pero su estado solo parecía empeorar…

—¿Ya lo tenía decidido? —pregunta interrumpiéndome, mirándome a los ojos.

—¿Quién? ¿Qué cosa?

—No sé, dígamelo usted.

Por los nervios y el cansancio, casi se me dibuja una pequeña sonrisa cuando él me hace recordar de pronto a un tonto policía de Eureka que una vez intentó culparme de un homicidio.

—¿Qué motivos tendría de asesinar a quien me acababa de promover?

—Porque querías su puesto. Si la quitabas del medio, serías la nueva secretaria de Seguridad Nacional, pero no contabas con que…

Abren la puerta de la sala y otro agente entra.

—Doug, ¿no ves que estoy interrogando a la sospechosa? —pregunta de mala manera mi interrogador.

—Señor, todas las pruebas dieron negativo. La forma en que se esparció la pólvora sobre la camisa de la subsecretaria la aleja al menos treinta centímetros del arma en el momento en que se disparó. Ya todos los demás agentes y conocidos han dado testimonio a favor de ella. Por las circunstancias del hecho, no hay una sola prueba que la señale, ni siquiera hay un móvil. Todo indica que fue un lamentable suicidio.

—¡Aún no he terminado de interrogarla!

—Están llamando desde arriba, señor. Ordenan que se libere de inmediato a la secretaria de Seguridad Nacional provisional. No quieren que se generen noticias que creen pánico ni muestren debilidad a nuestros enemigos.

«Dejarán que me vaya sin hacerme más preguntas», pienso y me calmo un poco.

Solo otro hombre de Asuntos Internos me hace aclaraciones sobre el cargo que ocuparé temporalmente y me avisa de que muy pronto la Casa Blanca enviará a alguien que me servirá de apoyo; lo que significa que tendré un niñero al cual rendirle cuentas.

Al salir de la sala de interrogatorios me encuentro con Junior y Danny, ambos dormidos en unos bancos metálicos. Los despierto con mucho cariño y les suplico que me lleven a casa, estoy muerta de cansancio, aunque más por el mental que por el físico. Necesito dormir para recomponerme un poco y poder pensar.

❧

Vivienda Pons-Reed
7:10 a. m.

No logré pegar el ojo ni un solo minuto porque no puedo hacer otra cosa que imaginarme a todos los que quiero siendo asesinados. Por lo que tampoco puedo perder más tiempo y debo empezar a trabajar. Necesito con urgencia un hilo por el cual tirar antes de que sea demasiado tarde.

Me duele la cabeza y siento una notable debilidad física. Sin embargo, me levanto para irme a la oficina. Lo hago con delicadeza para no despertar a Danny, también está agotado y no quiero hablar ahora.

—No dormiste, ¿cierto? ¿Y piensas irte sin que hablemos? —pregunta Danny—. Necesito saber qué pasa por tu cabeza, Ainara. Si no… ¿para qué estamos juntos? Tenemos tiempo así, desconectados, pero lo que pasó fue grave. Háblame, por favor. Desahógate conmigo.

Me volteo y lo tomo por el rostro.

—En la noche hablaremos bien. Ahora necesito enfrentarme a todo lo que se me viene encima, soy la nueva secretaria de Seguridad Nacional. Debo demostrar fortaleza en la oficina. Te adoro, y eso es lo único que sé en este momento.

—También te amo.

Se levanta, me besa y me abraza. Aunque deseo quedarme entre sus brazos, mi teléfono suena, y al atender la voz sintetizada me recuerda que se me hace tarde para llegar a la oficina.

UN VELORIO DE TERROR

Oficinas centrales de Seguridad Nacional,
Washington D. C.
Viernes 29 de noviembre
3:20 p. m.

«Nos hacemos llamar el Anillo porque no tenemos principio ni final, somos un todo y sin nosotros reinaría el caos», recuerdo de mi conversación mañanera con la voz sintetizada. Me retó a que intentase hacer algo a sus espaldas, que diera incluso mi mejor esfuerzo, y así entendería la grandeza de su organización. Algo que pienso hacer a la primera oportunidad.

La noticia del suicidio de la secretaria de Seguridad Nacional le dio la vuelta al mundo. Ha salido en todos los canales de televisión, en los periódicos impresos y digitales. En pequeñas partes me nombran a mí como su sucesora, algunos asegurando que no había alguien más capacitado y que yo podría cambiar el sistema autoritario, muchas veces acusado de violar los derechos humanos; otros pronostican un gran fracaso al recordar la oscuridad que tiñe mi pasado, creen que no estoy lo suficientemente equilibrada, además de mi corta edad, y que nunca fui militar condecorada, algo que por lo general es imprescindible para los puestos más altos en la defensa de la nación. Lo cierto es que no me importa lo que digan.

Desde que llegué a la oficina el ambiente ha estado bastante pesado. Puedo sentir que la mayoría de mis compañeros me juzga, piensa mal de mí o me guarda cierto recelo. Ayer me nombraban subsecretaria sin merecerlo, sin ganarlo, y hoy entré como la secretaria de Seguridad Nacional. Sinceramente, no pinta nada bien y no hay manera de cambiar esa percepción de los hechos. Si pudiera, renunciaría a este cargo que nunca quise, pero no puedo.

Hoy y mañana trabajaremos a media jornada, el personal que no sea imprescindible para el funcionamiento de la agencia puede tomarse los días libres. Sin embargo, es prácticamente obligatoria nuestra asistencia al velorio y al entierro de Leonore, eventos que se harán con los máximos honores. Luego de eso tendré que elegir a un subsecretario y dar lo mejor de mí para mantener a salvo el país mientras cumplo las órdenes de un grupo de psicópatas a los que debo atrapar antes de que maten a mis seres queridos, al mismo tiempo, no puedo dejar que descubran que soy una «doble agente» ni pedirle ayuda a nadie, ya que me tienen vigilada y no tengo idea de quién o quiénes trabajan para el Anillo dentro del Departamento de Seguridad Nacional, la NSA, el FBI, la CIA, o funcionarios de alto nivel. En pocas palabras, estoy jodida.

No haber dormido nada, la falta de práctica que me tiene fuera de forma y el nivel de presión que cargo sobre mis hombros no me han permitido concentrarme lo suficiente para enfocarme. Tampoco sé por dónde empezar, ya que no he querido abrir el correo electrónico que me dieron ni el *pendrive* de Leonore, pues por todo lo que ha pasado olvidé traer mi *laptop* y, pensándolo bien, revisar el correo que me dio el Anillo o introducir la memoria *USB* en una computadora conectada a la red interna de uno de los edificios más seguros del mundo, sin saber qué contienen, es un suicidio. Se lo oculté a Asuntos Internos, y si alguien lo descubre, estaré en serios problemas.

La que era asistente de Leonore, Janice, que ahora trabaja para mí, y John Carnegie, un colega, han sido las dos únicas personas realmente amables entre todos los que antes me llamaban compañera y ahora refunfuñan por tener que decirme jefa. Es todo el equipo con el que creo poder contar.

No puedo todavía y tampoco quiero instalarme en la oficina que pertenece al cargo que ocupo, prefiero mi pequeño espacio privado en el que llevo dos años trabajando. Sin mucha tela que cortar, me he dedicado a intentar ponerme al día con los asuntos pendientes que dejó Leonore. Son muchos asuntos prioritarios por información delicada de personas de interés por sus vínculos con el terrorismo. Junto con la NSA tenemos cientos de miles de personas sospechosas de mantener dichos vínculos, y entre los mil millones de personas a las que investigamos en todo el mundo —algo que negamos continua y rotundamente hacer—, hay demasiado material y tengo muchos informes que revisar. Aparte de eso, tengo que reunirme de manera regular con los directores de las demás agencias para coordinar las estrategias de defensa.

Mientras reviso los perfiles de una docena de hombres en suelo americano que podrían ser una amenaza, Janice toca mi puerta. Le hago una seña para que entre.

—Señora secretaria.

—Dime Ainara —pido.

Un delicioso aroma pasa con ella y me hace rugir el estómago, recuerdo que no he comido nada desde los nachos en el restaurante.

—No me sale llamarla por su nombre, señora secretaria. Todos vamos saliendo al velorio. ¿Quiere que la espere?

—Date un tiempo y verás que te saldrá —aseguro y le guiño el ojo—. Termino de revisar unos documentos y salgo para allá. No esperen por mí.

Ella vacila en salir, se queda adentro y cierra la puerta.

—Señora… Ainara. ¿Has comido algo? No te ves muy bien, estás pálida… y esas ojeras.

—No tengo apetito, Janice, por todo lo que ha pasado. Y tampoco he logrado dormir, pero me repondré. Gracias por preocuparte —digo honestamente, lo valoro.

Saca de su cartera un par de burritos envueltos en papel y los coloca en mi escritorio.

—Los pedí para mí, pero saldré y puedo comprarme algo por el camino. Cómelos, por favor, son de pollo. Enseguida te traigo una soda.

—No es nece…

Se va de la oficina a buscar lo prometido.

Por un breve instante me quedo contemplando los burritos, parecen calientes y huelen increíble, hasta que no puedo contenerme y abro uno. Cuando voy a morderlo, me llegan dos mensajes, uno al celular y, varios segundos después, otro a mi computadora. El primero es de Danny, preguntándome a qué hora llegaré al velorio; y el segundo dice: «El tiempo sigue corriendo y no vemos resultados. Respóndale a Reed y dígale que ira apenas termine de comer. Buen provecho, agente Pons».

Las computadoras de este edificio están aisladas del mundo exterior por un desconocido número de cortafuegos, lo que significa que el mensaje tuvo que ser enviado desde adentro y que tienen ojos sobre mí y Danny en casi todo momento. Quizá hay cámaras y micrófonos en mi casa.

No tengo la más mínima idea de cómo escapar de esta situación.

❧

Iglesia Católica de San Patricio
4:00 p. m.

Al salir del edificio de Seguridad Nacional pude evitar a los periodistas, pero si quiero entrar a la iglesia no podré eludirlos. Me estaciono lo más cerca que puedo, lamentablemente, fuera del cordón de seguridad que rodea a todo el lugar.

—¡Es la secretaria! —grita un periodista al verme bajar.

—¡Maldita sea! —musito mientras acelero el paso.

En menos de cinco segundos estoy en medio de decenas de frenéticos reporteros que sueltan preguntas a cada instante.

—¿Es cierto que fue sospechosa de la muerte de Leonore O'Sullivan?

—¿Tiene los méritos para el cargo? ¿Quién la colocó ahí?

—¿Se acuesta con algún funcionario?

—¿A cuántos sospechosos ha matado? ¿Es cierto que estuvo recluida en un instituto mental?

Cuando no puedo soportar una sola pregunta más, de manera instintiva busco mi arma para soltar unos tiros al aire y despejar mi camino; la palpo. Pero con un enorme esfuerzo me contengo porque soy la representante de una jodida agencia de seguridad. Entonces empiezo a dar empujones. No callan y tampoco me ceden mucho espacio.

—¡No pienso dar declaraciones! ¡Háganse a un jodido lado o haré que lo lamenten! —grito con fuerzas.

De inmediato muchos oficiales vestidos de civil o uniformados aparecen con armas en mano, algo alarmados y reportando la situación. Me presento y me escoltan al interior de la iglesia.

El recinto está lleno y la seguridad es mayor. Conozco a algunos de vista, ministros, diplomáticos, senadores, el alcalde y el gobernador de Washington, militares de alto rango, jefes de las distintas agencias gubernamentales, casi todo el personal de Seguridad Nacional y algunos civiles, entre los que deben estar miembros de la familia de Leonore; son los únicos que lucen algo tristes o ¿aburridos?

Todos y cada uno de los funcionarios del Gobierno se me presentan cordialmente, dándome la mano y palmadas en los hombros, o tocándome por la cintura, mientras trato de avanzar hacia donde se encuentra mi gente de Seguridad Nacional. Es asfixiante tener que devolver tantas sonrisas falsas y creo no poder disimular por mucho tiempo que quiero que me dejen en paz.

—Señora secretaria, tenemos un asunto importante del que hablar —dice Danny al acercarse para rescatarme.

El ministro de Defensa se queda con la mano extendida, mirándolo fijamente por su interrupción, y el gobernador, que me hablaba de alguna estupidez, se detiene.

—Asuntos de la seguridad del país, señores. Lamento interrumpir.

El ministro asiente, Danny y yo nos alejamos. Hablamos para ponernos al día, y apenas él intenta hacerme preguntas que no puedo responder le pido que me acompañe para acercarme y dar mis condolencias a los familiares de Leonore.

—Señora secretaria, agente Reed, necesito sus armas —pide un hombre vestido con traje negro.

Antes de entregarla noto que lo mismo ocurre con los demás asistentes, están siendo desarmados por sujetos con la misma vestimenta. Son del Servicio Secreto, lo que solo puede significar que el presidente o el vicepresidente está por entrar. Me palpo los bolsillos para revisar que no tenga ningún tipo de objeto que pueda considerarse peligroso.

—¿Qué demonios? —pregunto en voz baja al escuchar pequeños sonidos metálicos dentro de mis bolsillos, como si fueran llaves, pero son objetos más ligeros.

—¿Ocurre algo, señora secretaria? —indaga el mismo hombre, analizando mis reacciones.

—No, todo en orden. Son mis llaves —respondo y las muestro.

—¿Eres del Servicio Secreto? ¿Viene el presidente? ¿No estaba en Europa? —pregunta Danny antes de entregar su pistola.

—Luke Carter, subjefe del Servicio Secreto. Se las devolveremos al salir —responde serio y se retira.

De inmediato me reviso y del fondo de los bolsillos laterales de mi chaqueta extraigo cinco anillos negros y encuentro otro que por poco se salía de un bolsillo de mi pantalón. Trago saliva y empiezo a sentirme aterrada al ver sospechosos en todos estos sujetos con grandes cargos, con poder, quienes dirigen este país. Descaradamente me plantaron los anillos para darme un claro mensaje, no puedo ganar. Se me dificulta respirar, las manos me sudan y la debilidad en mi cuerpo por el cansancio gana terreno, atentando contra mis piernas.

Me siento en uno de los bancos de la iglesia para no terminar cayendo al piso, entretanto lucho por no reflejar en mi rostro lo que siento por dentro. Danny nota enseguida que no estoy bien y se me sienta al lado. Escondo los anillos.

—Amor, ¿qué ocurre? Háblame, por favor —pide y toma mi mano.

—Es solo cansancio, no he podido dormir, Danny —respondo y alejo mi mano—. No podemos dar demostraciones de afecto en público, menos aquí con to...

Volteamos y el vicepresidente entra al lugar. Sonríe en todo momento mientras saluda, como si estuviera en medio de una campaña y no entrando en un velorio. Es un hombre de estatura promedio, de piel blanca y cabello dorado, luce impecable. Lo único que me pregunto al verlo es si será parte del Anillo; pensarlo me produce más escalofríos.

El acto da inicio y dura poco más de una hora. Tiempo en el que no pude hacer otra cosa que examinar a cada uno de los presentes, y al final llegué a la conclusión de que solo podría confiar en mi Danny.

Apenas doy mis condolencias a los familiares que pudieron asistir, le aviso a mi hombre que nos veíamos en casa y salgo disparada hacia la salida para escapar o terminaría haciendo algo muy imprudente. Estoy sobrecargada.

—Señora secretaria, ¿se va a ir sin que nos conozcamos? —preguntan a mi espalda cuando me entregan mi arma y estoy por largarme.

Me volteo y me le acerco a Tim Campbell.

—Señor vicepresidente. Ainara Pons —digo y le doy la mano.

—Tengo que decir que es un honor conocerte en persona. Eres una heroína para este país. ¿A cuántas personas salvaste cuando estabas en el FBI?, ¿cien, doscientas?

—No tengo idea, señor. Nadie lleva la cuenta.

—Alguien debería llevar la tuya, porque ahora que eres la secretaria de Seguridad Nacional no puedo imaginarme cuánto bien podrás hacerle a este país. Llámame Tim. ¿Podemos hablar unos minutos?

—Se lo agradezco, señor vicepresidente, pero necesito irme a casa.

—Solo serán cinco minutos —dice, sin embargo, cambia de parecer al entender mi renuencia y sonríe—. Es cierto, la seguridad del país nunca descansa, has pasado por mucho y debes querer ponerte al día y descansar. Ya tendremos oportunidad.

—Gracias por entender, Tim.

Me da la mano y repite mi nombre varias veces mientras me alejo para huir de la cueva de los lobos.

4

¿ESTARÁ RUIDOSO?

**Oficinas centrales, Seguridad Nacional
10:40 p. m.**

LLEVO CASI dos días sin dormir y no sé si podré volver a hacerlo. Desde que salí de la iglesia he empezado a sentir una paranoia que solo aumenta con las horas, no sé quiénes son los buenos y quiénes son los malos.

Me quedó más que claro que no puedo ir y hablar con alguien de más jerarquía acerca de una supuesta organización secreta debido a que no me van a creer o, peor, puede que esta persona sea parte de ella. Si se lo cuento a Danny o a alguien de mi círculo íntimo, comenzará a notarse su cambio de conducta por la paranoia y estaría en riesgo de ser eliminado. Estoy sola en algo mucho más grande que yo, a pesar de que tengo a mi disposición todos los recursos del poderoso Departamento de Seguridad Nacional, soy cercana del jefe del FBI en Nueva York y tengo más amigos que nunca, cuya mayoría son agentes muy hábiles y experimentados en diferentes áreas.

Fui a casa, pero no tenía ánimos de quedarme a esperar a que llegase Danny y quisiera hablar de sentimientos, sobre mí, sobre que todo es un caos en nuestra relación y que casi no me comunico con él. Tampoco podía revisar con libertad la información que tengo en el correo y en el *pendrive*.

Por lo que me vine a mi refugio, la oficina y el trabajo, esta vez con mi *laptop*. Me encuentro sola en el piso o quizá en el edificio completo, obviando a unos cuantos hombres de seguridad.

Cuando abrí el correo electrónico que me dio la voz sintetizada, conocí en qué consiste la misión que me están obligando a cumplir; rastrear, localizar y atrapar a un grupo de *hackers*, para lo que me quedan seis días o de lo contrario acabarán conmigo y con todos los que quiero. Por el momento sigo intentando encontrar algo útil dentro del montón de información que me dieron en el correo electrónico. Están los sitios webs en los que estos piratas informáticos escriben y crean conciencia acerca del peligro de una organización que apodan el Círculo, una que mueve los hilos del Gobierno y cambia el rumbo de la historia. Tienen datos y algunos nombres de varios de los hombres y mujeres que tuve que saludar en el velorio de Leonore. En el correo también hay un informe sobre varios robos a cuentas empresariales, algunas nacionales y la mayoría en paraísos fiscales —no temen que siga las pistas de esas cuentas que deben pertenecer a miembros del Anillo, están seguros de que me tienen neutralizada—. Hay demasiados datos, el noventa por ciento en código informático. Sin ayuda no puedo organizarlos porque no soy informática y no sé cuáles son relevantes. No puedo encontrar patrones si no sé qué demonios busco. Tampoco puedo pedir ayuda al Departamento Informático que tengo bajo mi mando, no sé en quién puedo confiar. En este preciso instante siento desconfianza hasta de Janice y de sus deliciosos burritos; podría querer ganarse mi confianza mientras informa de mis movimientos.

Cierro los archivos y reviso una vez más el *pendrive* que me dio Leonore. Seguro ya he visto más de veinte veces el video. Ella sale en un cuarto oscuro, nerviosa y desesperada. Se grabó porque sabía que iba a morir y quería ayudarme, o darme ánimos, ya que no soltó información útil. Con más tiempo y mejor explicado, repite lo que me dijo al oído antes de quitarse la vida, que ella fue una de las que ayudó a iniciar el Anillo. La idea que le vendieron consistía en que permitiera que las principales organizaciones criminales tomaran el dominio de las más pequeñas y crearan un equilibrio que erradicase las guerras entre bandas. Leonore pensó que sería positivo tener fichados a los grupos criminales más relevantes para algún día empezar a eliminarlos uno a uno, pero todo se le salió de control. El Anillo creció demasiado y se infiltró en todos los niveles del Gobierno, por medio de sobornos, extorsiones y amenazas. Cuando ella quiso salirse para hacerles la guerra, ya la tenían acorralada.

Me pide perdón, debido a que cuando me fue a buscar hace dos años a Nueva York para ofrecerme el trabajo en Seguridad Nacional, lo hizo porque se lo pidieron los del Anillo y, aunque pudo negarse, prefirió tenerme cerca y dejarme a cargo si las cosas se complicaban.

Cuando todo se empezó a complicar demasiado y ellos me propusieron que te trajera, no lo dudé. Eres la persona más capaz que conozco, y si existe una persona que puede hacerles frente, eres tú, Ainara. No te puedo dar consejos sobre cómo ganar, pero sí te puedo decir por qué fallé. Fue por dos razones; la primera, no confié en nadie y traté de descubrir quién era el líder por mi cuenta; la segunda, aprendí tarde que con ellos nada es lo que parece, si encuentras un camino fácil significa que vas en la dirección que ellos quieren, la equivocada...

—¡Al diablo, Leonore! ¡Yo no quería esto! —grito con frustración.

Me había prometido bajarle a la bebida luego de mis treinta y tres primaveras, pero supongo que tengo permitido todo ahora, ya que si no tengo éxito, solo me quedan seis días. Llevo más de una hora contemplando una de las botellas de *whisky* que siempre tengo guardadas en mi oficina, quiero abrirla y bebérmela para olvidarme de todo, quizá así logre dormir.

Agarro la botella, la destapo y cierro los ojos mientras la olfateo, huele a paz, a tranquilidad.

Acepté este trabajo para dejar atrás los malos recuerdos de Nueva York y todo lo que perdí allí, para dejar a un lado a los malnacidos asesinos en serie y todas las matanzas. Supongo que después de atrapar a Jerry Hawk perdí ese fuego interno que me impulsaba a enfrentarme a lo que sea y terminé convirtiéndome nuevamente en una agente de oficina; supongo que me perdí.

Tengo miedo de fallarles a todos los que quiero.

Me sirvo un vaso, casi desbordándolo de *whisky*, y me lo bebo completo. Me quema la garganta y el estómago, pero repito el proceso hasta que pierdo el conocimiento.

Vivienda Pons-Reed
Sábado 30 de noviembre
12:00 p. m.

Danny me despierta. Estoy en casa y tengo un dolor de cabeza que me taladra el cerebro.

—¿Cómo te sientes? —me pregunta, sentado a mi lado.

—Creo que esta vez sí moriré. ¿Qué hora es? Tenemos que ir al funeral…

—Tenemos una hora para llegar. No te muevas, ya vengo.

Cuando regresa a la habitación, lo hace con un plato lleno de caldo de pollo que él mismo debió preparar para mí. Me cuenta que fue a buscarme a la oficina al preocuparse porque se había hecho muy tarde y ya no le atendía las llamadas.

Danny se sienta en la cama. Con calma y paciencia comienza a darme la sopa en la boca. Habla y bromea de cualquier cosa para hacerme sentir mejor. Sus ojos me miran de una manera indescriptible y me transmiten un amor que desconocía antes de que él apareciera en mi vida. Ni siquiera intenta regañarme por lo que sea que habré hecho estando ebria, solo me cuida y me hace sentir bien; me ama.

Bob entra en el cuarto moviendo la colita, siempre me alegra verlo. Hemos pasado por tanto juntos que no me imagino la vida sin él, es mi familia. Monta medio cuerpo sobre la cama y posa su hocico sobre mi pecho. Danny y yo lo saludamos con cariño. Le suelto una pequeña presa de pollo.

Mientras mis dos amores me dan cariño, reviso mi celular. Tengo muchas llamadas perdidas y cientos de mensajes. Amy preguntándome reiteradas veces cómo estoy; Junior insistiéndome en que quiere venir a pasar una temporada conmigo; los demás son de la oficina e imagino que también de la voz sintetizada.

Libero un fuerte suspiro al recordar que la seguridad de Amy, Junior, Danny y los demás depende de mí, no puedo fallarles, pero tampoco sé cómo ganar.

—Amor…

—¿Sí? —pregunto.

—No puedo imaginar toda la presión que tienes encima, la tristeza… Sabes que cuentas conmigo para lo que sea, ¿no? Puedes contarme cualquier cosa que esté pasando por tu cabeza, tus problemas, lo que sea. Estoy contigo hasta el final, sin importar qué. Eres tú y yo contra el mundo —asegura mientras me acaricia el rostro.

Si bien por un segundo pienso en contarle lo que está ocurriendo, recuerdo lo que me dijo la maldita voz sintetizada acerca de que nos tienen vigilados. Debe de haber cámaras o micrófonos en esta habitación. También recuerdo que me quedan poco más de cinco días para atrapar a los *hackers*.

Danny me besa en la boca y siento el cosquilleo en la nuca, ese que no sentía hace más de cinco años. Es hora de inclinar la balanza un poco a mi favor.

—Vamos a la ducha, amor —pido.

Él sonríe con picardía. Deja el plato a un lado y me ayuda a ponerme de pie. Caminamos hacia el cuarto de baño.

—Pon algo de música —ordeno mientras toscamente dejo que toda mi ropa caiga al suelo.

—¿Estará ruidoso? —pregunta con una gran sonrisa.

—Depende de ti…

Después de colocar una melosa canción de Bruno Mars, me toma en brazos y comenzamos a hacer el amor con pasión y ternura, como teníamos mucho tiempo sin hacer. Disfruto como nunca de sus besos, de su respiración, de su piel y de la forma en que me hace suya. Supongo que nos sentimos más vivos cuando sabemos que la muerte nos ronda muy de cerca.

—Te amo —dice al rato de quedarnos abrazados debajo de la ducha—. Sé que no usas esa palabra. Tampoco espero que me la devuelvas. Solo quería recordártelo.

Es una rara sensación querer decir algo y no poder hacerlo, esas dos cortas palabras se traban en mi garganta, a pesar de que deseo gritárselo con todas mis fuerzas. Y para rematar, mi instinto va por lo que cree más importante.

—Una vez me dijiste que tenías un amigo que es experto en informática, un *hacker*, que entró en los sistemas del Pentágono y la NSA, vive bajo arresto domiciliario o algo así recuerdo.

A Danny se le desdibuja la sonrisa. Noto decepción.

—Andrew... ¿por qué me hablas de él en este preciso momento? No entiendo nada, Ainara.

—Lo siento, perdóname, Danny. Es que tengo mucha presión en la oficina y creo que me pueden estar vigilando. Incluso aquí en la casa. No sé en quién confiar y qué es lo que se trama a mis espaldas. Hay muchas personas poderosas descontentas porque estoy al mando de Seguridad Nacional.

—¿Quién podría vigilarte? Eres la secretaria de Seguridad Nacional.

—No lo sé, pero es una sensación que no me deja en paz.

—Por eso lo conversamos aquí, por eso la música, por eso me invitaste a hacer el amor…

—¡Danny, calla! —ordeno y lo beso—. Hacer el amor así contigo fue lo mejor que ha pasado en meses. Pero necesito a tu amigo de mi lado, necesito tener una ventaja.

—¿Esto es por lo de Leonore? ¿Crees que hay algo más detrás?

—Danny, Danny. ¡No lo sé! Por favor, deja de hacerme preguntas y ayúdame. Cuando tenga algo más claro, serás el primero en saberlo.

—Júramelo.

—Te lo juro. Ahora necesito que al salir de la habitación actuemos con normalidad, debemos ser convincentes. Hablaremos de cualquier tema y luego me comentarás que tienes semanas queriendo visitar a tu madre en Kansas. Y eso harás, después del funeral te irás en avión, volverás el lunes en auto, a primera hora.

—Tengo trabajo…

—Ahora soy tu jefa. Dormirás en casa de tu madre. En la madrugada del domingo dejarás tu celular en el cuarto para que no dejes rastro e irás por tu amigo. No me importa si lo tienes que secuestrar y arrancarle la tobillera, pero lo traerás. Lo ocultarás en un lugar que te indicaré y le explicarás la situación, de ahí me encargaré yo porque tú seguirás con tu vida normal.

—A tu lado, ¿no?

Me hace soltar una carcajada. Le hablo de romper leyes secuestrando a un convicto y lo único que le importa es estar a mi lado.

—Sí, amor. Por supuesto. Juntos hasta el final.

Definimos un par de detalles más y hacemos lo planeado al salir de la ducha.

Actuamos como si fuera un día normal, haciendo planes. Nos vestimos y salimos al cementerio.

$$5$$

DEXTER

Cementerio Nacional de Arlington, Virginia
Sábado 30 de noviembre
2:20 p. m.

EN EL LUGAR está casi la misma cantidad de miembros del Gobierno que acudió al velorio. Pero ahora hay muchos agentes y militares de rangos medios. También hay un sinfín de periodistas cubriendo el último adiós de Leonore O'Sullivan, la primera secretaria de Seguridad Nacional, quien supo dirigir con eficacia a la agencia más joven del país.

Mientras hacen los honores militares, miro detenidamente la enorme foto de Leonore al lado del hoyo en donde la enterrarán. Recuerdo la gran impresión que me dio cuando la conocí en el FBI. Cuando iban detrás de un terrorista que explosionaba bombas en edificios, ella lucía imponente, como la mujer poderosa que era; tan diferente a la persona que se quitó la vida delante de mí, destruida, vencida y vulnerable.

Luego que un sacerdote recitara las oraciones y palabras de reflexión, pide que algún miembro de la familia diga algo sobre Leonore, lo usual en cualquier entierro. Sin embargo, ni sus dos hijos o el exesposo muestran interés en hacerlo.

—Estoy seguro de que alguien quiere decir algunas palabras en honor de Leonore —insiste el sacerdote.

Los presentes intercambian miradas, pero nadie se mueve y un silencio incómodo domina el momento. Aunque ella no era moneda de oro y trataba mal a casi todos, no es posible que ni siquiera su familia quiera decir unas palabras.

—¿Nadie hablará? ¡Qué horror! La señora Leonore no se merece este desprecio —susurra Janice a mi lado.

Observándolos a todos, noto al vicepresidente mirándome fijamente, quien esperaba que lo encontrara.

—Hazlo. —Leo en sus labios y con sus ojos me señala al sacerdote.

¿Es una orden? ¿Puedo negarme?, no lo creo. Aguardo diez segundos y, como nadie dice nada, levanto con timidez la mano.

—¡Muy bien! —exclama el sacerdote.

—¿Qué haces? —suelta Danny.

—Gracias —susurra Janice.

Camino muy lentamente y, entretanto, pienso qué demonios decir, es casi absurda la situación en la que estoy involucrándome. Llego al centro, respiro profundo. Debo de tener más de doscientos ojos encima de mí.

—Buenas tardes a todos, soy Ainara… —digo y me quedo en blanco por unos segundos, soy pésima para dar discursos—. Leonore fue una inspiración para mí…

—¡Suficiente, no sigas! —grita un hombre.

El sujeto se abre espacio entre la multitud y camina hacia donde estoy. Tiene vestimenta militar con numerosas condecoraciones. Se para frente a mí. Es alto, fornido y su rostro serio transmite rabia.

—Puedes irte.

—¿Quién eres? —pregunto.

—Ya lo sabrá, señora secretaria —dice, pronunciando las dos últimas palabras con ira.

Vuelvo junto a Danny, no porque me lo pidiera de esa forma, sino porque nunca quise estar allí.

—¿Quién es ese? —pregunta mi amado.

—Ya lo sabremos…

—Ninguno de ustedes me conoce, a menos que haya servido conmigo en el Ejército, pero no creo que sea el caso, solo veo cobardes o retirados. Mi nombre es Dexter O'Sullivan, soy hijo adoptivo de Leonore O'Sullivan —dice y guarda silencio.

Todos los presentes comienzan a murmurar e intercambiar miradas. El exesposo de Leonore se muestra asombrado, al igual que sus hijos. Dexter continúa.

—Leonore me mantuvo oculto porque creía que sería más seguro para mí. Pero siempre estuvo pendiente de mí. Me crio como pudo, se encargó de mi educación y me hizo encontrar un propósito de vida en el Ejército. Era mi única familia —dice y se detiene para respirar hondo—. ¡Ustedes me la quitaron! ¡Este maldito país corrupto me la quitó! ¡Lo sé todo y me las van a pagar, todos y cada uno…!

—Hijo, entiendo tu dolor. Pero si amas a tu madre, respeta este acto que es en su honor. Por favor —pide el sacerdote.

—Lo siento, padre.

Dexter se da media vuelta y coloca una de sus medallas sobre el ataúd de Leonore. Luego se mezcla entre la multitud para irse. Sin dudarlo, salgo detrás de él. Lo que dijo, «lo sé todo», me preocupa. Puede ponernos en riesgo o quizá podría ser un aliado. Necesito saber qué significa su aparición.

—Dexter, Dexter, ¡Dexter! —grito por fin, me ignoraba.

Aprieta los puños y se gira. Mientras me mira con frialdad, aprieta su mandíbula repetidas veces; está lleno de odio y a punto de explotar.

—Necesito hablar contigo, por favor.

—No tengo nada que hablar con nadie. Déjame en paz.

—Es importante, Dexter. Es sobre tu madre.

Se me acerca y me señala a la cara con su dedo índice.

—¡No te atrevas a nombrarla, malnacida! ¡Sé que eres cómplice de todo!

—¡Oye, imbécil! —grita Danny—. Baja esa mano o te partiré el brazo. Respeta a la secretaria de Seguridad Nacional.

—Quiero ver cómo haces eso —reta Dexter.

—¿Cómplice de qué, Dexter? —pregunto.

Danny intenta tomarlo por el brazo, pero en cuestión de un segundo es reducido y termina siendo apuntado con su propia pistola. Agentes de seguridad que merodean la zona sacan sus armas y apuntan en dirección a Dexter. Comienzan a gritar y a ordenarle que baje la pistola. Él no muestra ninguna señal de sentir nervios, solo mantiene en su mira a Danny.

Aunque les pido a todos que se calmen, que bajen las armas, nadie cede y a cada instante siguen apareciendo más agentes para «controlar» la situación.

—¡Baja el arma y acuéstate en el piso con las manos arriba! —ordena Luke Carter.

Ni Danny ni Dexter mueven un solo músculo, ninguno tiene miedo de morir. Los periodistas tratan frenéticamente de capturar el momento. El vicepresidente se abre paso e interviene.

—Hijo, ¿qué estás haciendo? ¿Por qué atacas a un compatriota?

—¡No soy su hijo! —responde Dexter sin quitar la mira de Danny.

—Dexter, entiendo tu pérdida, pero de esta manera no cambiarás lo que ya pasó —digo.

No creo que dispare en este momento a Danny. Dexter no parece un tipo tonto y sabe que no duraría más de un segundo si jala el gatillo. Estoy extrañamente calmada.

—¡Cállate, traidora! —responde en voz alta—. ¡Todo esto es culpa de ustedes! ¡La traicionaron y tuvo que quitarse la vida, la dejaron sola! ¿¡Por qué no dices la verdad sobre lo que le ocurrió a mi madre, Ainara!?

—No sabes de qué estás hablando, hi... todavía no ha pasado nada grave, solo es un malentendido, Dexter. Has sufrido una terrible pérdida. Pero eres un soldado, ¿¡o no!? —pregunta el vicepresidente.

—No soy un soldado, ¡soy un *Navy Seal*!

Campbell da un paso hacia adelante. Dexter lo enfoca de soslayo y todo el círculo de hombres armados que lo rodea también se le aproxima un poco más. Sin embargo, sigue frío e inexpresivo, sin importarle la tensión y el absurdo número de armas que lo apuntan.

—Si bajas esa arma en los próximos veinte segundos, te dejaré ir sin repercusiones. Así lo querría Leonore.

—¡No te atre…!

—¡No se atreva usted, soldado! ¡Le quedan dieciocho segundos! Luke, sabes qué hacer si no se rinde.

—Afirmativo, señor.

—Ainara, vuélale la cabeza —pide Danny y luego le grita —: ¡Infeliz!

—No hará falta. Dexter solo está molesto y confundido, no tiene intenciones de dañar a nadie —afirmo.

—Diez segundos —suelta Luke. Al mismo tiempo verifica tenerlo bien apuntado, mirándolo a través de la mirilla de su arma.

Todos los presentes se mantienen a la expectativa. Los

periodistas les hablan a las cámaras, excitados, fueron a cubrir un funeral y ahora saldrán con una primicia.

—Cinco segundos.

Dexter deja de apuntar a mi amado, bajando la guardia también. Deja salir el cargador de la pistola, le saca la bala de la recámara y se la tira a Danny. Más de una docena de hombres se le iban a ir encima, pero el vicepresidente Campbell les ordena que no lo toquen y se le acerca. Da un breve discurso sobre el respeto a los militares que van a las guerras a dar la vida por nosotros y trata de entregarle una tarjeta a Dexter, pidiéndole que lo llame si necesita algo, lo que fuera. Obviamente, el *Seal* no la toma y emprende la retirada. Sin embargo, eso no importa porque Campbell solo quería sacarle provecho a la situación para atraer a más votantes.

Danny está tenso, molesto. Se fue sin decirme nada. Debe de sentirse completamente humillado al haber sido reducido de esa manera, y que se haya transmitido por diferentes canales no lo hacía más fácil. Lo que él no toma en cuenta es que debería estar agradecido, los *Seal* son máquinas letales y pudo resultar mucho peor para todos. Dexter se habría llevado a más de una docena de nosotros si de verdad hubiera querido golpearnos.

—Señora secretaria —llama Campbell. Me acerco—. Lo dejamos ir, pero es claro que no está muy equilibrado. Ponga a un par de hombres a seguirlo y que lo investiguen a fondo. No quiero a un loco con entrenamiento de élite, que de seguro tiene acceso a armamento de grado militar, suelto por la ciudad. Mantenme informado personalmente.

—Sí, señor.

Le pido a John Carnegie, el subsecretario de Seguridad Nacional, que tome a dos agentes para que sigan a Dexter día y noche, revisen su casa y me entreguen un informe.

Me marcho. Tengo todo en contra y poca libertad de

movimiento, ahora la aparición de Dexter tal vez complicará más la situación. Espero que para los del Anillo. Quizá un agente del caos que nadie pueda controlar me quite del centro de atención o, al menos, algunos ojos de encima.

~

Oficinas centrales de Seguridad Nacional
5:10 p. m.

Danny se disculpó por irse de aquella manera, sin despedirse, sabiendo que tomaría un vuelo y que no dormiremos juntos por las siguientes dos noches. Me avisó al despegar y al llegar a Kansas. Todo marcha bien por ese lado. Por el otro, Dexter logró perdérseles a mis hombres con facilidad. Investigándolo, nos hemos encontrado con la completa oscuridad que las operaciones encubiertas del Gobierno dejan en los registros. El hijo adoptivo de Leonore no es un simple soldado. En efecto, es un *Seal* condecorado con varias incursiones de guerra en Irak, en Afganistán y en otros países problemáticos. También perteneció a pelotones de los boinas verdes y estuvo un año en la Delta Force. Es un hombre entrenado en las fuerzas militares de combate más exigentes no solo en lo físico, también el grado intelectual es importante. Tiene un coeficiente intelectual por encima de la media y habla cuatro idiomas fluidamente. Es experto para sobrevivir en los ambientes más hostiles; para rastrear, seguir y matar a quien sea. Sin embargo, eso no es lo más inquietante, sino que trabajó durante seis años en el oscuro cuerpo de Operaciones Especiales de la CIA. Casi toda la información de su paso por allí es clasificada y ha sido eliminada, pero sabemos a qué se dedicaba la CIA en esos tiempos; derrocamiento de Gobiernos, contrainsurgencia militar, asesinatos extraoficiales de objetivos de interés y hasta matanzas, a veces en suelo americano. Es el tipo de hombre que no sabe detenerse cuando tiene o cree tener una misión.

Lo que me queda claro ahora es que debo encontrar a Dexter para tratar de hablar con él. Contarle la verdad y con suerte ponerlo de mi lado, aunque no tengo idea de lo que pueda pasar. Con lo poco que he visto, sé que es una bomba de tiempo por todo el resentimiento que guarda dentro y que quiere salir; eso lo vuelve incontrolable.

6

¿ERES AMANDA, NO?

Oficinas centrales de Seguridad Nacional
Lunes 2 de diciembre
3:40 p. m.

—Ainara, ¡Ainara! —exclama Joseph Tylor—. Necesito que prestes atención para que podamos avanzar con los asuntos de máxima prioridad en la agenda de Seguridad Nacional. ¿Cómo van con el tema del hijo adoptivo de Leonore?

Joseph es el enviado de la Casa Blanca, el que me avisaron que enviarían para verificar que la agencia se mantenga a la altura, o sacarme si no es así. Es cierto que debo prestarle más atención, porque la seguridad del país es lo más importante, pero no tengo noticias de Danny desde que me avisó a media mañana que ya estaba llegando a la ciudad y estoy preocupada. Aunque no creo que lo hayan seguido sin que él se diera cuenta, es una posibilidad que tendría un desenlace fatal.

—Estoy anotando todo mentalmente, Joseph. Tengo una memoria de esponja. John Carnegie, mi subsecretario de

Seguridad Nacional, está tomando notas y Janice, mi asistente, también lo hace. Solo estoy un poco…

—Distraída, lo sé. Es fácil entender que has pasado por demasiado y la vida te ha dado un gran cambio. Conocí a Leonore y estoy seguro de que te eligió porque vio la capacidad en ti. Sin embargo, puedes dimitir. No estás obligada a ocupar un cargo en el que no te sientas cómoda.

Si renuncio, se acabará el juego para mí y para todos los que me importan.

—Hace no más de cinco horas me juramenté para el cargo. Y nunca he renunciado a nada en mi vida, siempre he ido hasta al final sin importar qué y esta…

—¡Esta vez no se trata de ti, sino de los Estados Unidos! Si no veo que eres capaz, haré que te devuelvan a tu antiguo cargo —asegura Joseph con frialdad.

Me siento estúpida al haber dicho eso. Entiendo su preocupación y sé que debo estar a la altura porque millones de vidas pueden depender de ello. Necesito enfocarme, distribuir mis actividades y mitigar mis emociones al mínimo.

—Señor Joseph, lo tenemos bajo control, solo estamos aceitando el engranaje de nuestra maquinaria. Yo personalmente estaré al lado de la secretaria Ainara para que esta gran agencia siga siendo la punta de la lanza con la que castigamos a nuestros enemigos —dice John Carnegie.

—Yo trabajé con la señora Leonore por más de cinco años. Sé cómo se maneja todo y colaboraré con la señora Ainara en todo lo que pueda —agrega Janice.

—Sé lo que está en juego y no le fallaré a mi país —digo con sinceridad.

Joseph se queda en silencio, toma su pelota antiestrés y la aprieta repetidas veces mientras nos mira a los tres, pensando, analizando y decidiendo qué hacer conmigo. Mi teléfono comienza a vibrar en el bolsillo de mi pantalón. Quiero revisarlo para confirmar que Danny llegó, pero no puedo sacarlo en este preciso momento. Joseph no está convencido, y sin importar lo que nos diga ahora para salir del paso o terminar la conversación, el resultado será mi renuncia obligatoria. Debo convencerlo.

—Yo no pedí el puesto, jamás lo había pensado para mí. Pero se lo debo a Leonore porque creyó en mí, y si me lo permiten, me quedaré aquí hasta que encuentren a la persona indicada. ¡Y te lo juro!, te juro que en el momento que sienta y entienda que no soy capaz, te llamaré para darte mi renuncia.

Su seria expresión facial se suaviza un poco al escucharme y asiente. Necesito ver mi celular, casi no puedo disimular mi desesperación. Que no es solo por el bienestar de mi Danny, también porque sin él y su amigo Andrew todo estará perdido.

—Sé que a nadie le gusta tener a un extraño husmeando, pero no soy tu enemigo ni tu niñero, Ainara. Mi única preocupación y deber son con el país. Vendré casi todos los días y estaré encima de cada uno de ustedes cada vez que algo no me parezca bien o crea que se puede hacer mejor. Si pueden tolerar eso mientras me dan su mayor esfuerzo, podremos trabajar en equipo. ¿Estarán a la altura?

Confirmamos, le damos la mano, agradecemos y lo vemos levantarse para salir de la oficina. Se detiene y gira. Vuelve a preguntar por la situación con Dexter O'Sullivan.

John intenta decirme algo, lo detengo.

—John fue personalmente junto con un equipo de especialistas. La casa estuvo habitada recientemente, pero no sabemos si por él, tampoco encontraron nada significativo, nada de armas ni información delicada. Seguimos monitoreando, utilizando reconocimiento facial con las cámaras de tráfico y estamos atentos —informo con seguridad a pesar de que todo sigue igual de incierto.

—Sean políticos con este asunto y que no se les escape de las manos. Manténganme informado sin importar la hora.

—Lo tenemos controlado —aseguro, aunque supongo que nunca hubo tanto descontrol. Hay un monstruo creciendo desde lo más profundo del Gobierno y nadie parece sospecharlo, o todos están implicados.

Él asiente y se marcha. John intenta decirme algo, lo detengo.

—John, Janice, les agradezco estar de mi lado y apoyarme, pero en este momento necesito resolver un asunto de extrema importancia. En la noche los llamaré a cada uno para definir detalles de agenda y a partir de mañana seré toda de ustedes. Ahora necesito que se encarguen de todo lo que no requiera de mi presencia, ¿cuento con ustedes?

A pesar de que no los veo muy convencidos, aceptan y me dejan sola. Reviso mi teléfono. Siento un alivio casi infinito al leer el mensaje de Danny, ya está aquí y con mi paquete. En el texto me dice que el teléfono se le descargó —le indiqué apagarlo, sacarle el chip y la batería, y envolverlo en aluminio para que no pudiera ser rastreado al llegar a la ciudad—, que llegó en la mañana directo al hospital porque no se sentía bien, que se hizo unos exámenes médicos y que le haga el favor de retirarlos al salir de la oficina; la confirmación de que todo va de acuerdo con el plan.

Por órdenes de Joseph me mudé a la oficina que era de Leonore, para empezar mi dirección de la manera correcta y para mandar un mensaje claro a todos en el edificio: la vida continúa y por ahora yo seré la jefa. No lo quería, pero me ayudó a salir del espacio que ocupaba y que de seguro tenía vigilancia. Y aunque aquí también debía de haber, fue completamente desocupada para mí, eliminando en gran parte cualquier dispositivo de espionaje.

Danny hizo su parte, ahora es mi turno. Cierro todas las

cortinas y aseguro la puerta. Sé que necesitaré dinero, pero no sé cuánto. Así que abro la pequeña caja fuerte que traje de mi oficina y saco todo el efectivo que guardaba para casos de emergencia, sesenta grandes. Me quito todas las prendas que puedan llevar micrófono o algún dispositivo de rastreo; saco, pantalón, reloj, correa, sostén, cartera, zapatos. Antes de venir al trabajo pasé por una tienda por departamentos, compré tenis deportivos y unas prendas de vestir muy parecidas a las que uso a diario. Pero no me medí nada en ese momento, por el apuro me dejé llevar únicamente por lo que decía la etiqueta. Ahora lucho para ponerme un pantalón demasiado pequeño. Empezando a desesperarme por la pérdida de tiempo, doy un salto con demasiada fuerza y al caer apoyo mal mi pie derecho, me voy de lado hacia el piso. Intento evitar la caída buscando apoyo en el escritorio, logrando tumbar casi todo lo que había sobre él.

—¡Mierda! —se me escapa al dar contra el suelo y no puedo evitar seguir—: ¡Maldita sea, maldita sea! ¡Me lleva!

Al liberarme un poco de la frustración, termino de vestirme en el piso. Verifico y me aseguro de que lo único con lo que podrán rastrearme será con mi teléfono.

Salgo de la oficina y la cierro con llave. Puedo sentir la mirada de todo el personal a mis espaldas. Janice se me acerca con una carpeta.

—Seño… Ainara. Todos empiezan a hacer comentarios…

—Que piensen lo que quieran, tengo problemas más grandes. ¿Qué me traes?

—Asuntos de interés, necesito que les des un vistazo.

Le prometo hacerlo.

Salgo hacia el hospital en donde Danny fue atendido. En el camino, y después de ignorar sus llamadas, recibo un par de mensajes de la voz sintetizada. Preguntándome por mi atrevimiento al ignorarla, por mi progreso y por mi comportamiento errático en la oficina. Solo le respondí que tenía mucho trabajo y presión encima, luego apagué el teléfono. Es un riesgo necesario, no puedo dejar que sientan que tienen el total control sobre mí.

Al llegar me estaciono fuera del campo de visión de las cámaras.

Me apego al guion que creé con Danny en la ducha. Busco al médico, converso brevemente con él demostrando preocupación, hasta que me entrega los resultados de los exámenes. De allí voy al ala de cuidados intensivos. Disimuladamente busco en la parte inferior de las máquinas dispensadoras de comida hasta que encuentro la nota que Danny me dejó. Hay una dirección, un número de habitación y un párrafo con una dedicatoria… de amor:

Al principio me parecía una idea tonta y sin sentido ir a mi ciudad para prácticamente secuestrar a Andrew y convertirlo en un prófugo, pero a medida que volvía a recordar, a sentir lo mismo que aquella primera vez cuando una alocada y famosa agente del FBI me llamó para pedirme que la ayudara en la más absurda de las misiones, entendí que ahora que soy tu hombre y te amo con locura no importa más nada que mantenerme a tu lado y ser tu apoyo. No sé muy bien qué hacemos, pero si estás involucrada, sé que es lo correcto y que me lo contarás todo cuando estés preparada.

Estoy contigo hasta el final Ainara Pons (Princesa).

Por siempre tuyo, Danny Reed.

P. D.: De verdad me quedé sin batería y también me distraje con Andrew poniéndonos al día, perdona por tardar en avisarte.

Danny es la única persona en el mundo capaz de sacarme una sonrisa real en una situación así. Guardo la nota y salgo del hospital. Voy a mi auto. Me coloco un abrigo con capucha, una gorra, dejo mi teléfono adentro y salgo. Camino dos cuadras y tomo un taxi hacia al motel, pero no le doy la dirección exacta, sino una calle más abajo. No puedo dejar rastros que guíen al Anillo hasta el hombre que espero me ayude.

~

**Motel The Clock
4:40 p. m.**

No me confío de nada en estos momentos y la sorpresa siempre es ventaja. Por lo que me escabullo sigilosamente por una de las ventanas de la habitación, donde Andrew debería de estar esperándome. Entro por el baño y avanzo. Desenfundo mi arma, una Heckler & Kock USP SD, un regalo de la agencia con silenciador incluido. Aún no la he disparado, espero no tener que hacerlo ahora.

Cuando lo encuentro dormido en la cama, con la boca abierta y la almohada babeada, me siento tonta al tener un arma en las manos. Andrew debe ser un poco menor que Danny, quizá de veinticinco años.

—Despierta, Andrew. Vamos, despierta —digo, perdiendo la paciencia. Lo tomo por la camisa y lo zarandeo bruscamente—. ¡Despierta!

Al reaccionar y verme, abre los ojos por completo, asustado. No dice nada, pero da vueltas ágilmente en la cama hasta caer fuera y golpearse. Levanta las manos con una alocada expresión en el rostro. Por poco no aguanto las ganas de reír.

—¡Yo no quería fugarme! ¡Me trajeron a la fuerza! —exclama. Cuando ve que lucho para mantenerme seria, lo entiende—. ¿Eres Amanda, no?

Amanda… Amanda Sacks se quedó en Eureka. Efímeros

recuerdos de mi vida siendo maestra logran dibujarme una pequeña sonrisa. Cómo quisiera regresar a esa tranquilidad.

—Ainara, Ainara Pons —digo y le doy la mano.

Se sienta y libera un suspiro.

—La vida es absurda, ¿sabes? Ayer llevaba más de dos años bajo prisión domiciliaria por haberme metido a husmear en los servidores del Gobierno y hoy estoy prófugo de la justicia, dándole la mano a la jodida secretaria de Seguridad Nacional. Te juro que escribiré un libro.

—Podrás hacer lo que quieras, pero solo si ganamos esta batalla; y para nuestra mala suerte, solo somos tú y yo contra un ejército grande, mejor armado, mejor financiado, influyente y muy superior en casi todos los aspectos…

—¿Casi todos?, ¿en cuáles no?

—Los descubriremos juntos, Andrew. Ahora siéntate que tengo que contarte una historia y no tengo todo el día.

~

—Estamos jodidos, Ainara. No podremos ganar, es imposible —dice después de oír todo lo que he estado viviendo y a lo que nos enfrentamos.

—Ahora tengo una ventaja, tú.

—Quién querría participar en esto, es absurdo. Una organización secreta, infiltrados en el Gobierno. ¡Si la que ocupaba tu cargo no pudo y tenía años en el trabajo, conocía a todos los poderosos! —dice y libera un resoplido—. Pero dijiste que puedo irme si no quiero participar, ¿no? En este momento, sí quisiera…

—Claro, puedes irte ahora mismo. Pero eres prófugo de la justicia, mínimo te darán cinco años más en una cárcel de verdad. Porque entenderás que ni Danny ni yo podremos mencionar que te buscamos y tampoco hay evidencias de ello. Así que…

—Debemos ganar o estoy jodido.

—Todos estamos jodidos. Pero te prometo que haré que el presidente te dé una medalla cuando todo esto termine y jamás volverás a usar una tobillera.

—Un par de millones tampoco estarían mal. Digo, lo estoy arriesgando todo —me responde Andrew con una sonrisa tímida.

—Seguro podremos hacer algo. Ahora dime qué necesitas para ponerte a trabajar.

—Equipos, muchos equipos —y mira alrededor como si los estuviera colocando en cada rincón de la habitación.

—¿Cuánto? —le apuro.

—Creo que con cien grandes podría hacer algo.

—¿Como escaparte a México? Solo tengo cincuenta.

—Me sirven —dice y extiende la mano—. Los equipos que necesito son costosos, de otra forma tarda…

Lo detengo con un gesto, ya no quiero perder más tiempo. Le entrego el dinero y toda la información que tengo de la misión que el Anillo me obliga a hacer. Le encargo que compre diez teléfonos desechables y le suplico que lo haga en distintos lugares, que no llame la atención.

Emprendo la retirada.

—Mañana en el motel al lado del McDonald's, ¿no? —pregunta mientras escucho que enciende la televisión.

—Sí, llegaré entre las once y dos de la tarde. No me falles, la vida de muchos depende de lo que logremos.

—Ainara…, hay un edificio en llamas, lo están pasando por todos los canales —dice él y yo suelto la manilla de la puerta para girarme—. Es el de Seguridad Nacional…

7

SÉ CÓMO ENCONTRARLO

Ver salir fuego y humo del edificio que se supone dirijo, sin siquiera cargar mi teléfono encima para atender las cientos de llamadas que deben estar intentando entrar y tampoco poder dirigir una respuesta inmediatamente, es la peor situación que habría podido imaginarme.

—¿Estás bien, Ainara? —pregunta Andrew.

—Sí… ¿por qué lo preguntas? —respondo con dificultad, me falta un poco el aire.

—Estás temblando y te ves pálida.

Le digo que solo necesito un poco de agua y voy a buscarla en la pequeña nevera ejecutiva de la habitación. Sostener el vaso me cuesta, al beber me salpico el rostro y la camisa. Trato de pensar, pero no puedo. Quiero desaparecer y dejar todo atrás. Esto está fuera de control. ¿Habrá muertos? ¿Janice?, ¿John?

—Especulan que fue un misil disparado desde casi un kilómetro de distancia, desde otro edificio —comenta Andrew.

—Dexter…

—¿Cómo?

—¿Hay muertos?

—No han contado ninguno hasta ahora, pero el misil destrozó tu oficina. Iba para ti, Ainara —dice con voz temerosa—. El Anillo te necesita para atrapar a los *hackers*… ¿Quién más quiere asesinarte?

—Debo irme. El mundo entero debe estar buscándome —digo y recuerdo a Danny, debe estar preocupado.

Salgo corriendo del motel. Tomo el primer taxi que encuentro y me recuesto en los asientos traseros. En el trayecto hacia el hospital me dedico a pensar qué excusa dar, para justificar mi ausencia y que mi teléfono estuviera apagado en el peor momento de la agencia.

~

Edificio de Seguridad Nacional
6:00 p. m.

Llegar al edificio fue complicado, por el tráfico, por el pánico en los ciudadanos que causó desorden en las calles y por las fuertes medidas de seguridad que se desplegaron en varias cuadras alrededor. Poder utilizar mi teléfono no fue distinto en cuanto a dificultad, a cada par de segundos una llamada entraba. Sin embargo, y mientras manejaba, pude comunicarme con John y Janice para que se encargaran de evaluar los daños materiales y verificar doblemente que no hubiera pérdidas humanas. También hablé con Danny, Junior y Amy. Todos estaban en verdad asustados por mí.

Lo peor es ahora, estar de pie ante la sede de Seguridad Nacional. Lo que solía ser un lugar pacífico y bien resguardado es un caos total. Bomberos terminan de inspeccionar los daños estructurales y que no haya posibilidades de más incendios; los militares que siempre custodian el exterior del edificio revisan que no quede nadie adentro; los paramédicos permanecen a la espera de algún herido, solo vi que le dieron oxígeno a una asistente algo mayor que trabaja en un piso diferente al mío; y los policías colaboran manteniendo un extenso perímetro que contiene a un centenar de reporteros y a miles de curiosos.

John es el primero con quien hablo al llegar. Su informe preliminar es bastante positivo en cuanto a los daños y las pérdidas, nada que lamentar. Acerca del o los responsables, habló de un solo sospechoso en el techo de un edificio a novecientos metros de distancia, que fue denunciado por un civil. Todo indica que fue Dexter, ¿quién más tendría la capacidad de acertar a semejante distancia?, solo un jodido experto o alguien con mucha tecnología. Se sabrá al conocer qué tipo de misil fue disparado.

Nunca he dirigido nada en mi vida, si acaso a un par de agentes. No tengo idea de qué hacer en una situación como esta, cuando hay cientos de personas bajo mi mando.

—Cuando estaba Joseph no me dejaste hablar y nunca estás en la oficina. Hay algo importante que no sé cómo tratar y necesito que lo veas —dice John.

Mientras pienso en sus enigmáticas palabras, mi teléfono comienza a sonar y, sin mirar, imagino quién es. Le digo a mi subsecretario que hablamos después y veo que se queda en silencio, frunce el ceño y se aleja. Aprovecho y atiendo.

—¡¿Qué demonios está ocurriendo!? ¡¿Por qué no has tomado mis llamadas y dónde estuviste las últimas horas!? ¡Es cierto que necesitabas un escarmiento! —suelta la voz sintetizada casi gritando.

—¡Tengo el edificio que debo administrar en llamas porque el hijo de la mujer que hicieron suicidarse quiere venganza! ¡Quieren que atrape a unos imbéciles detrás de una computadora en pocos días! ¡Tengo a un enviado de la Casa

Blanca respirándome en la nuca y debo aparentar que estoy apta para el maldito trabajo o me sacarán! —digo desahogándome, en voz alta pero sin gritar—. ¡Si quieren resultados, tienen que darme un respiro!

A pesar de que hay un largo silencio en la línea, escucho su respiración algo agitada. La aparición de Dexter también debe tenerlos alterados. Al igual que yo, no saben cuánto Leonore le habrá dicho ni qué tan peligroso pueda ser, aunque ya tenemos una idea. Hasta el más motivado de los terroristas se lo pensaría dos veces antes de atacar esta sede.

—Nos ayudarás a eliminar al hijo adoptivo de Leonore, es decir, nos ayudarás a ubicarlo y nosotros nos encargaremos. No vivirá mucho. Ainara, sigue las reglas que te dimos o todo terminará para ti. Ya entenderás que no andamos con juegos —dice y cuelga.

Su amenaza me pone más nerviosa de lo que ya estaba. Saco mi teléfono. Le mando un mensaje a Danny para que no me espere en casa y se reúna aquí conmigo. Tenerlo cerca me dará algo de tranquilidad. ¿Debo llamar a Junior y Amy?, Sí. Peter sabe cuidarse mejor que nadie y no creo que intenten darme un escarmiento con el más difícil de todos.

—¿Dónde estabas, Pons? Y no mientas, porque lo sabré —pregunta y afirma Joseph al colocarse a mi lado.

Guardo mi teléfono.

—Fui a retirar unos exámenes médicos en el hospital. Al salir apagué el teléfono para poder cerrar los ojos un rato dentro del auto… me quedé dormida. Lo sé, en el peor momento —miento con facilidad.

—Eres terrible mintiendo o eres la persona con la suerte más extraña que conozco. Espero comprobarlo pronto.

—Habilitamos todas las unidades de inteligencia móvil. Mi gente continúa revisando todas las grabaciones de las cámaras en un radio de un kilómetro, analizando posibles amenazas ignoradas…

—Sabemos que fue Dexter O'Sullivan —dice interrumpiéndome—. Lo comprobaremos cuando tengamos las grabaciones de un satélite climatológico que estuvo apuntando en el momento.

—Creemos lo mismo. ¿Qué sigue ahora? ¿Quién hablará a los medios? ¿Cuándo podremos regresar a trabajar?

Él se queda de pie, en silencio, mientras mira el hueco en donde antes estuvo mi oficina.

—¿Por qué crees que lo hizo?, los motivos nos ayudarán a anticipar su próximo golpe. ¿Es porque odia al sistema? ¿Por odio al país que, cree, traicionó a su madre? ¿O porque te odia a ti? ¿Sabes algo que yo no, Ainara?

Si es miembro del Anillo, me está probando; si no lo es, es una de las pocas personas con las que podría contar como aliado, es un tipo inteligente y perspicaz, pero no puedo poner en riesgo todo —aún más— porque él pondría en primer lugar los intereses del país, yo también, pero a mi manera.

—Imagino que me cree culpable por la muerte de su madre, o por el simple hecho de que aparentemente yo fui la más beneficiada.

—Ya… En breve te vendrán a buscar, no te muevas de aquí.

—¿Para?

—Nos vemos, Ainara.

La forma en que me lo dijo me puso algo tensa, ¿quiénes y por qué?

Trato de olvidarlo. Pido un vaso de café a uno de los policías y reviso mi teléfono, no hay respuesta de Danny. No es normal. Le marco tres veces y tampoco hay respuesta. La amenaza de la voz sintetizada me retumba en la cabeza.

El café sabe a tierra, lo tiro a la basura con frustración. Quiero un maldito trago para poder pensar.

—¿Quién lo puede localizar por mí? —pienso en voz alta —. ¡Jonas! No, está en Nueva York…

—Señora secretaria, debe venir con nosotros de inmediato —dice un hombre vestido de militar, acompañado de otros.

—¿Por qué? ¿Quiénes son?

—La esperan en el Pentágono. Debemos irnos ya, un helicóptero aguarda.

—¿Puedo…?

—No, lo que necesite se lo proporcionaremos. Andando.

—De acuerdo —digo sin estarlo.

Me montan en una de cinco camionetas y arrancamos en caravana.

—Tenemos a la secretaria de Seguridad Nacional. Vamos en camino, tengan el helicóptero listo para partir de inmediato —dice uno de los hombres sentado a mi lado.

El trayecto es silencioso en el exterior, por dentro mis pensamientos gritan y se convierten en miedos que amenazan con enloquecerme.

~

Pentágono. Arlington, Virginia
7:30 p. m.

Vomité antes de subirme y al bajarme del helicóptero. Amy y Junior respondieron mis mensajes. Amy toma un vuelo para venir a Washington D. C. y según Junior todo marcha con normalidad en Nueva York. Por el lado que más me preocupa, Danny sigue sin atender y empiezo a perder la calma. Él nunca tarda y siempre está pendiente del teléfono.

Pero estando aquí, en la sede del Departamento de

Defensa de los Estados Unidos, junto a los hombres y mujeres con los cargos más poderosos del país, no puedo dejar que mis emociones afloren y piensen que soy una niña intentando jugar a ser grande.

Por fin un militar se me acerca e indica que lo acompañe. Abre una puerta y me hace una seña para que pase.

El presidente de los Estados Unidos es el primero que me saluda desde lejos e invita a tomar asiento en una enorme mesa con forma de pentágono. Está el vicepresidente, el ministro de Defensa, la secretaria de Estado, el secretario de Defensa, el director de la CIA, el jefe del FBI, Joseph y otros que no conozco, imagino que consejeros.

—De acuerdo, prosigamos. Escuche con atención, señora secretaria. Si no entiende algo o quiere dar un aporte, siéntase libre de hacerlo, por favor —dice el presidente—. Después, si queda tiempo, hablaremos en privado. Quiero conocerla.

La reunión se trató más de cómo afrontar políticamente el hecho de que un militar activo se haya volteado en contra y lograse atacar uno de los edificios más seguros del país que de cómo atraparlo. Para la última parte se mostraron más confiados, aunque temían que otro ataque sí causara pérdidas humanas.

Solo me dediqué a escuchar y noté decepción en la mirada de Joseph, quien supongo esperaba más de mí. Por unanimidad, me dieron la tarea de ser quien diera la cara a los medios de comunicación esta misma noche en una rueda de prensa que ya estaba programada, para hablar en nombre del Gobierno y dar la versión que acordaron.

Mientras lucho para poder memorizar más de dos oraciones de lo que debo decir, me quedo observando a un militar sentado del lado opuesto de la mesa. Llena un crucigrama. Con una mano escribe y con la otra da constantes toquecitos a la tabla. Es una especie de tic que me recuerda algo.

—¡Maldición, lo tengo! —suelto por la adrenalina—. Sé cómo encontrarlo.

Mi compañero de mesa me mira extrañado por unos segundos y luego continúa, veo que con sus labios deletrea una palabra.

Con una idea clara en mente y algo de energías renovadas, logro que mi memoria adsorba mi discurso.

8

PREGUNTA POR EDISON SILVER

Sala de conferencias 1, Pentágono
9:02 p. m.

—Señora secretaria, están esperándola —indica la secretaria de Estado.

Levanto la mano para que espere mientras mantengo la mayor parte de mi atención en la voz del médico que me habla por teléfono.

—Llegó consciente y aparentemente solo tiene un brazo lastimado, pero…

—¡Pero ¿qué?!

—El choque fue muy fuerte y tenemos que revisar sus órganos internos para descartar…

—Háganlo y avísenme enseguida.

—Lo más probable es que no tenga…

Corto la llamada. Respiro profundo para controlarme mientras siento la mirada de la secretaria de Estado, que espera por mí —al igual que decenas de reporteros—, mientras repaso mi discurso, mientras ensayo las señales que le mandaré a Dexter.

—Maldito Anillo, maldito sean. Se atrevieron a lastimar a mi Danny. Me las pagarán —musito con ira al recordar y desconcentrarme.

Me ordeno calmarme. Cuento hasta diez y me meto en el papel, debo actuar. Me levanto, al principio con las piernas temblorosas. Mi última comida fue una rebanada de pan en la mañana, estoy algo débil.

—¿Lista? —pregunta la secretaria y yo asiento—. Después de hablar, solo debes responder cinco preguntas y terminará todo.

—Salgamos de esto. ¿Algún consejo?

—Responde corto y preciso. No afirmes ni niegues nada que nos comprometa, evade y cambia el tema.

—Lo tengo.

Me pide que aguarde y me coloca un prendedor de la bandera del país en la solapa del traje.

—Suerte, secretaria Pons.

Entro al salón sin ver a los lados para mantener la concentración, pero cientos de *flashes* destellando en mi dirección me dan la bienvenida, empezando a abrumarme. Me paro detrás del atril, coloco mis notas y luego levanto la mirada. Es exactamente como se ve en las noticias y en las películas, lo indescriptible es la sensación de saber que te estás dirigiendo a cientos de millones de personas y que cualquier error será juzgado por la misma cantidad. Es escalofriante.

—Buenas noches. Las preguntas, después que termine de hablar —digo y me tomo unos segundos para comenzar—. Sobre el atentado. Sabemos quién lo hizo y estamos utilizando todos nuestros recursos, no solo los de Seguridad Nacional, el FBI y hasta la Policía están involucrados. Su nombre es Dexter O'Sullivan. Es un exmiembro de nuestras fuerzas militares de élite. Dexter, ¡presta atención a este mensaje!, entrégate. No queremos dañarte. —En una pantalla de fondo hago aparecer su fotografía y la atención de todos se desvía allí. Entonces comienzo a mandarle un mensaje a Dexter en código morse, con mi dedo índice tocando disimuladamente el atril—. Afortunadamente, tras el ataque no hubo pérdidas humanas y los daños al edificio fueron mínimos. Ahora, tengo dos solicitudes: primero, el apoyo de la ciudadanía para que esté atenta e informe a las autoridades si llegan a encontrarse con el sospechoso; segundo, tengo que ser insistente y recalcar, que nadie, absolutamente nadie, debe intentar detenerlo por su cuenta. Dexter O'Sullivan se considera extremadamente peligroso y, si se ve acorralado, podría causar muchos daños. Para aclarar y calmar los ánimos, no estamos bajo ataque de ninguna otra nación ni permitiremos que algo semejante vuelva a ocurrir dentro de nuestro país. Mañana todos deberíamos volver a nuestra vida cotidiana. Las preguntas, por favor.

Más de ochenta manos se levantan al mismo tiempo. Elijo cualquiera. Necesito terminar con esto e ir a ver a Danny.

—Kim Miller, The Washington Post. ¿El sospechoso es el hijo adoptivo de Leonore O'Sullivan?

—Sí. Siguiente —digo. Ella intenta continuar—. Una pregunta por reportero. Siguiente.

Las próximas tres preguntas son una más incómoda que la otra. Tuve que ignorarlas y cambiar de tema. Entonces me convertí en eso que siempre desprecié cuando veía a los políticos evadiendo dar las respuestas que los ciudadanos queríamos escuchar. Todos los reporteros gritan para que los elija y, al momento de escoger, noto a una sola mujer que no tiene la mano levantada.

—Amy Adams, adelante —digo alegre de verla allí. Ella sonríe.

—Amy Adams, New York Post. Señora secretaria, ¿conoce

los motivos por los que Dexter O'Sullivan atacó el edificio de Seguridad Nacional? Dicen que el objetivo era usted.

Pensé que me la haría más fácil, aunque es su trabajo.

—Lo sabremos cuando lo atrapemos e interroguemos —digo guiñándole el ojo. Recojo mis hojas—. Es todo por ahora, no más preguntas.

Ignoro los gritos pidiendo más respuestas.

Al salir de la sala hago llamar a Amy y le explico que no podré quedarme a conversar con ella por el momento porque debo ir a ver a Danny. Luego voy con la secretaria de Estado y le pido que me ayude a llegar rápido al centro de Washington. Me ofrece un helicóptero y cinco militares para que me escolten hasta que atrapemos a Dexter.

~

Howard University Hospital. Washington D. C. 10:10 p. m.

El helicóptero me dejó en el techo del hospital. Corrí a toda velocidad hasta la habitación de Danny y revisé los resultados de los exámenes, salieron bien. Se salvó por muy poco.

Él duerme por el sedante que le colocaron, le molestaba mucho la fisura que se hizo en el brazo. Sin embargo, antes de quedarse dormido me contó que el chofer del camión que lo embistió se dio a la fuga y que, afortunadamente, unas personas lograron sacarlo antes de que su auto se incendiara por completo. Sé quiénes ordenaron el ataque y ahora comprendo que debo moverme con más cuidado.

Por otro lado, debo esperar hasta las doce para irme a encontrar con Dexter. Si es que logró descifrar mi mensaje, le di unas coordenadas y la hora.

Ver a Danny respirar mientras duerme profundamente,

después de que pensé que pude perderlo, me da mucha paz y el cansancio se asoma. Pongo la alarma para dentro de una hora y cierro los ojos, necesito descansar.

~

Thomas Circle Park
Martes 3 de diciembre
Pasadas la medianoche

El frío que tengo es impresionante, a pesar de que me puse un abrigo grueso y de capucha encima de la ropa que he cargado todo el día.

Me quedé dormida más del tiempo que esperaba y llegué tarde. Tuve que pasar a recoger algo en casa y aproveché de darle tres bocados al almuerzo que dejó Danny. Estoy en una pequeña plaza de forma circular, en el medio está un monumento al general George Henry Thomas; él monta un caballo y mira al horizonte. No pensé muy bien al elegir este sitio y menos la hora. Soy la única persona aquí, las calles están desiertas y la nieve cayendo sobre mí agudiza mis temores al recordarme aquella cabaña que me cambió la vida en Somerset. Estoy totalmente expuesta, rodeada de edificios altos, soy un blanco fácil. Esperaré solo diez minutos más, si la ansiedad y los nervios me lo permiten.

Aprovecho para recapitular. Me quedan poco más de dos días para cumplir la misión que me encargaron, tengo a Andrew en la tarea; debo encargarme de Dexter, estoy en ello, o eso creo; tengo que mostrar mi valor como secretaria de Seguridad Nacional o me sacarán, atrapar a Dexter sería perfecto, pero el Anillo no me lo permitirá porque lo quieren muerto; y lo último, aunque al mismo tiempo parece lo más imposible, necesito detener al Anillo. Mientras eso no ocurra, seré un títere de ellos hasta que deje de serles útil. Y después de lo que le hicieron a Danny, sé que no dudarán en volver a intentarlo.

Salgo abruptamente de mis pensamientos al ver un circulito rojo moviéndose cerca de la estatua. Se me eriza la piel y la respiración se me agita al entender la situación; tengo a Dexter a mi espalda con un rifle. El láser se me acerca y luego se aleja en dirección al monumento varias veces. Intento voltearme, pero escucho una bala silbarme cerca del oído y la veo impactar contra la nieve. Ahora sé dos cosas, tiene silenciador y no me quiere muerta, no aún.

El láser comienza a parpadear en el suelo. Aunque tardo unos segundos, lo capto. Se está comunicando. Doy un paso hacia adelante y el punto rojo avanza unos centímetros. Dejo de dudar y lo sigo. Salto la pequeña cerca que bordea el monumento y llego a sus pies. Detrás de un pequeño muro está una radio, la tomo.

—¿Dónde espera la caballería? —pregunta Dexter.

—No vendrá nadie…

—Tienes un minuto para convencerme de que no te mate. Eres la prin…

—A Leonore la obligaron a suicidarse —suelto, interrumpiéndolo.

—¿Quién, cómo y por qué? Mantenme interesado o mi dedo puede resbalarse y tirar del gatillo.

—Hace mucho frío aquí afuera. Y debo parecer algo sospechosa, ¿no crees?

—Te quedan cuarenta segundos.

—Voy a entrar al edificio —digo y una bala impacta a mi lado. Respiro hondo—. Tengo algo que necesito enseñarte para que puedas creerme…

Me volteo y comienzo a avanzar. Es un hotel, no me será

difícil entrar. Vuelve a disparar, esta vez hacia mis pies. Subo la mirada y lo veo en una ventana del sexto piso.

—Si das un paso más, la próxima bala no fallará —advierte.

Saco de mi bolsillo el *pendrive*.

—En esta memoria *flash* hay un video que Leonore me dio antes de quitarse la vida. Tengo que mostrártelo para que comprendas lo que verdaderamente ocurre.

No responde por la radio, pero sí manda otro disparo.

—Si me vas a matar, hazlo de una vez. No soy tu enemiga y quizá pueda ser tu única aliada. Entraré.

—Morirás si lo intentas…

—Solo adelantarás el proceso. Quienes le hicieron eso a Leonore, también me tienen contra la pared. Así que, o conversamos cara a cara o me disparas de una vez, y así me ahorras varios días de estrés.

Mientras camino, el láser me alumbra en los ojos. Es una rara sensación saber que caminas hacia la muerte, pero al mismo tiempo no tener miedo. Cuando estoy cerca del hotel, habla por la radio.

—Piso seis, habitación ciento diez. Pregunta por Edison Silver.

Así hago en recepción y muy pronto estoy frente a la puerta. Tomo la manilla para girarla y la abro. Dexter está de frente, apuntándome con una Glock. Tiene el arma pegada al cuerpo, típico de los *Seal*.

—Conoces el proceso —dice para que levante las manos y me deje revisar.

Al terminar toma mi pistola y me da la espalda para ir a una mesa donde hay varios monitores que tienen la señal de las cámaras del hotel. Al verificar que todo está en orden se me queda mirando de una manera extraña y a mí me da tiempo de estudiarlo. Es rubio, aunque usa una peluca negra como camuflaje, es zurdo. Debe medir un metro noventa y pesar unos ochenta o noventa kilos.

Hay un hombre amarrado en el suelo con la cabeza cubierta por la funda de una almohada. Está vivo, lo veo respirar. Seguramente es el huésped de la habitación.

—¿Cómo lograste impactar en mi oficina con un misil desde tan lejos…?

—¿Sabes por qué no te disparé en la cara? —pregunta y no sé qué responder—. Porque solo los que dicen la verdad están dispuestos a morir por ella. Dame la memoria *flash*.

Se la entrego.

Él observa a su madre adoptiva en el monitor y yo lo observo a él. Su rostro muestra muchas emociones; dolor, tristeza, rabia, odio, y por un segundo sonríe, sin embargo, no está sorprendido. Al finalizar, se queda en silencio durante casi un minuto.

—Lo siento por volar tu oficina y por dispararte. Pensé que eras una de ellos —dice y me mira, esta vez sin odio, y por primera vez parece humano.

—Así que lo sabías… No hubo muertos ni heridos que lamentar, por suerte.

—Me dejó una memoria *flash* parecida. Aunque nunca te mencionó y supongo que grabó su mensaje para mí mucho antes, porque se veía mejor. La dejé sobre la cama de mi cuarto, en mi casa, para que la encontraran. ¿No la viste?

John se encargó de la revisión de la casa de Dexter y quiso decirme algo en varias ocasiones, espero que no haya revelado nada.

—No, maldita sea. Mi subsecretario tiene la memoria, estoy segura. Intentó hablar conmigo, pero como entenderás, mi vida se ha convertido en una completa locura y no he tenido tiempo.

—¿No te tienen vigilada todo el día?, ¿cómo hiciste para

escaparte sin que se dieran cuenta? No puedo creer…

Es como si Dios le hubiera puesto esa pregunta en la cabeza y lo hiciera ver el monitor. Más de una docena de hombres con chalecos antibalas y armas de asalto pasan por el vestíbulo del hotel. Dexter me mira con rabia.

—¿Me vendiste? —me pregunta furioso, entretanto, se levanta y abre una maleta llena de armas.

—Dejé mi teléfono y me cam…

No, no me cambié de ropa por estar somnolienta.

Me palpo bajo el abrigo y enseguida encuentro el prendedor que me puso la secretaria de Estado. Me lo quito y lo aplasto.

—¡Maldita sea! Lo siento, Dexter. No he dormido bien en días y con tu ataque todo se complicó demasiado…

—Toma.

Me lanza un chaleco antibalas mientras él se coloca dos sobre el pecho. Se guarda más de veinte cargadores, varias granadas, cuatro pistolas y toma explosivos plásticos.

¿Quiere combatir? Maldito lunático.

—Conté doce solo por el vestíbulo —digo algo nerviosa—. Deben ser más…

—Y no tienen identificación, vienen a exterminar. Puedes irte o puedes demostrarme quién eres realmente.

No es solo por tener miedo a la gran probabilidad de morir, es por lo contradictorio de mi situación. Si ataco a miembros del Anillo, vendrán con todo contra mis seres queridos. Dexter quiere asesinarlos y ellos a él.

—Tómame como rehén —digo—. Son del Anillo y debo parecer tu enemiga o asesinarán a mis seres queridos.

—Dispararán a matar en cuanto nos mostremos. No eres imprescindible, Ainara. Nadie lo es…

—No se trata de mi vida, si no de las personas que quiero. Si muero protegiéndolos, valdrá la pena…, por favor.

9

ANTES DE QUE CAIGA EL SOL

La última vez que disparé contra una persona fue en Eureka, hace más de cinco años.

—¡No disparen! —pido cuando salimos al pasillo—. ¡Me quiere matar!

Dexter se cubre con mi cuerpo, apuntándome a la cabeza mientras cinco sujetos armados nos apuntan a nosotros. Uno de ellos habla por su intercomunicador, sin dejar de vernos.

—Van a dispararnos, prepárate. Atente al plan —susurra Dexter.

Conozco la mirada de un hombre cuando duda antes de disparar y cuando está decidido. Los ojos es lo único que puedo ver en aquellos sujetos y lo comprendo. Presiono el botón que activa el C-4 que plantamos en la pared del pasillo, detrás de un extintor y de donde están ellos. Comienza el caos. Ellos salen volando y nosotros caemos hacia atrás por la onda expansiva. Dejo de oír, pero puedo ver que detrás de nosotros llegan más hombres desde las escaleras. Dexter les vacía un cargador y me ayuda a ponerme de pie. La alarma de incendios se activa por el fuego y el humo, comienza a llover dentro de todo el hotel. Los gritos de pánico de los huéspedes tampoco tardan en escucharse.

—Que no quede ninguno vivo —ordena mi compañero y me da un fusil.

—Hagámoslo —digo contagiada por su odio.

—Pueden controlar el mundo si quieren, pero no a mí.

Dexter es una máquina asesina y por un momento me aterroriza. Les lanza una granada a los cinco hombres que nos apuntaban y que ahora yacen inconscientes, matándolos. A los que logró repeler del lado contrario, les tira dos. A cada explosión que retumba en el edificio, y mientras la alarma sigue sonando, siento que se me acaba el juego.

—Avancemos. Yo cuido adelante, tú vigila la retaguardia —ordena.

—¿Cuál es el plan?

—Eliminarlos a todos y luego borraré las grabaciones de seguridad. Nadie puede saber que estuviste aquí. Al llegar abajo…

—¡Dos! —grito y disparo.

Le doy a uno y el otro intenta arrastrarlo.

—¡Cúbranme! —exclama el sujeto e intenta disparar.

Dexter voltea y los ejecuta a ambos. Entonces cambiamos de posiciones. De la dirección que ahora cubro sueltan dos granadas.

—¡Granada! —aviso mientras empujo a Dexter para ir en la dirección contraria.

Un huésped abre su puerta. Pretendía salir huyendo, pero al vernos, retrocede asustado y se encierra. Nos lanzamos al suelo.

—¡Cubre la entrada de las escaleras! —dice y levanta uno de los cadáveres para protegernos.

Las granadas explotan y los oídos me silban. Veo sombras en la puerta que da hacia las escaleras y suelto una ráfaga de tiros. Dexter lanza una granada en esa dirección, recarga con asombrosa rapidez y me pasa un cargador. Por los nervios y por no conocer el arma, tardo buscando el seguro. Él me intercambia el fusil y termina de cargar.

—La policía llegará en menos de cinco minutos. Debemos movernos ahora —susurra y camina sigilosamente hacia las escaleras, recostándose en la pared. Se cuelga el rifle hacia un lado. Se arma con la Glock en una mano y un cuchillo en la otra.

Dexter me hace una seña para que vigile la retaguardia y, al voltearme, escucho movimientos bruscos. Me giro otra vez. Él toma por el brazo a uno de los sujetos, desarmándolo, y le clava el cuchillo en el corazón. Lo utiliza como escudo y se asoma en el umbral de las escaleras. Dispara con la Glock mientras el cuerpo que sostiene recibe numerosas balas.

La bulla cesa. Dexter deja caer el cuerpo y el cargador vacío.

—Despejado. Andando —dice con serenidad y recarga.

Hay más de diez hombres tirados entre los escalones. Dexter les dispara a los que se mueven.

—No podemos dejar que digan que estabas de mi lado —suelta para justificarse.

—Del otro lado quedaron algunos vivos —digo con sarcasmo.

—Si quieres, puedes ir por ellos. Yo debo irme, no queda mucho tiempo.

Lo sigo de cerca. Al ya no escucharse disparos, desde los pisos superiores e inferiores, muchas personas empiezan a salir corriendo de sus habitaciones y a tomar las escaleras para huir. Dexter me mira y asiente.

—Aprovechemos —digo.

Aumentamos el ritmo hasta casi correr. Me indica que al llegar al nivel de la calle debemos separarnos y me quita el rifle. Las personas, aterradas, nos pasan al lado a cada momento. Un enemigo entra a las escaleras desde el piso dos y Dexter se le lanza encima con el cuchillo, neutralizándolo.

Continuamos bajando.

—Te dejaré algo en el patio de tu casa para que podamos comunicarnos. La guerra apenas comienza —informa cuando llegamos al primer piso—. Destruiré la central de vigilancia. Tú huye con los civiles.

—De acuerdo…

Él limpia nuestras huellas en los rifles y los tira a un lado. Revisa el vestíbulo y me hace una seña para que termine de desaparecer. Verifico si todavía tengo la capucha puesta, me desprendo del chaleco antibalas y salgo.

～

Motel Sunset
11:10 a. m.

Del hotel me fui directo a la casa para ducharme, estaba mojada, apestaba a humo y pólvora. Quedé algo afectada por la masacre que Dexter dejó a su paso. Eran ellos o nosotros, pero fue demasiado brutal para mí. Luego volví al hospital para saber de Danny, tuve tiempo de revisar mi celular, para mi sorpresa, no había mensajes ni llamadas de la voz sintetizada, lo que me mantiene nerviosa.

Al llegar al edificio de Seguridad Nacional todo había vuelto a la normalidad, únicamente la zona donde estaba la oficina que me asignaron quedó sellada. Así que volví a mi vieja oficina. Lo primero que hice fue conversar con mi subsecretario. Por suerte no le mostró a nadie más lo que vio en el video de Leonore. Me hice la sorprendida y quedamos en guardar el secreto hasta recabar más información. Le pedí que no investigase por su cuenta, sin embargo, no creo haberlo convencido. Firmé unos documentos para iniciar actividades más extremas de vigilancia y organicé mi agenda con Janice.

Los canales de noticias han estado informando sobre el tiroteo dentro del hotel y un par de testigos aseguraron ver a Dexter y a una mujer encapuchada, aunque, por la confusión, nadie habló con seguridad. Había mucho humo, agua cayendo de los rociadores antiincendios, gente corriendo y muchos gritos. Unos agentes del FBI, del Anillo, supongo, se encargaron de regar información falsa acerca de que fue parte de una guerra entre el crimen organizado, por drogas y territorio.

Este motel al lado del McDonald's es más austero que el anterior, pero es necesario mantenernos en movimiento. Al llegar a la habitación que ocupa Andrew, toco la puerta cinco veces y Andrew me abre. Luce cambiado. Ropa nueva, se cortó el cabello y la barba.

—¿Cómo sigue Danny? —pregunta.

—¿Cómo lo sabes? Ya le dieron de alta, solo debe usar una férula de yeso por una semana.

Se mueve para que pase y con un gesto me señala sus nuevos equipos. Tiene un laboratorio informático montado. Varias computadoras, seis monitores, uno más grande que el otro, dos *laptops* y pequeños dispositivos con muchas luces. Me señala un estante y allí veo los teléfonos desechables. Él toma asiento frente a las computadoras, pero no empieza a teclear.

—Estuviste en ese tiroteo, ¿cierto? —pregunta luego de darle un mordisco a una hamburguesa, con la boca llena.

—Sí, pero no tenemos tiempo para contarnos la vida. Necesito buenas noticias, ¿qué me tienes, Andrew?

—No tengo los mejores equipos y son muchos datos,

además estoy un poco oxidado. Aún estoy analizando la información para enfocar mi búsqueda. Me tomará unas horas y luego será cuestión de tiempo para saber quiénes son y cómo encontrarlos.

—Dame una hora.

—No puedo. Solo te prometo que será mañana cuando sepamos con qué lidiamos —dice con tranquilidad.

Tomo su silla y la giro bruscamente hacia mí.

—¡No tenemos tiempo! ¡La vida de muchos depende de lo que estamos haciendo, Andrew!

—Puedes golpearme si quieres, pero eso no hará que este proceso acelere.

—¡Maldición, Andrew! ¡La maldita voz sintetizada que me amenazaba todos los días y me recordaba el poco tiempo que me quedaba, ya no lo hace!

—Es bueno, ¿no?

—No, para nada… me temo que después del tiroteo las cosas cambiaron. Creo que intentarán deshacerse de mí.

—Es posible —dice y muerde el pan—. ¿Y por qué no comenzamos por ahí?

—¿Cómo?

—Por la voz, claro.

—Está enmascarada por un programa de computa… —me callo al entender lo tonta que fui—. Puedes desenmascararla, ¿no?

Andrew me mira con compasión mientras se le dibuja una pequeña sonrisa. Me pide la grabación de alguna de las llamadas.

—No tengo… ¡Maldita sea!

Tomo una almohada y comienzo a golpearla con rabia. No entiendo cómo pude ser tan inepta de nunca haber guardado una de las conversaciones, aunque sea para evidencias en el futuro. Me pego la almohada contra la cara y grito con todas mis fuerzas hasta que mi teléfono empieza a sonar. Andrew se me queda viendo y yo miro la pantalla.

—Es él —informo sorprendida.

—Practicaré tu método cuando quiera que una de mis citas me regrese una llamada —dice en tono de broma y me extiende la mano para que le entregue el celular. Lo conecta a una de las computadoras—. Atiende y actúa como siempre.

Andrew abre un programa y yo tomo la llamada.

—Es una lástima, Ainara Pons. De verdad que pensé que tú llegarías más lejos que Leonore y que quizá algún día te unirías a nosotros.

—No fue mi culpa. Quería atrapar a Dexter…

—Y ponerlo en nuestra contra seguramente. Pero ya no más.

—¿Qué quieres decir?

—Quiero decir que se acabó nuestra relación y como favor personal te pediré que disfrutes mucho esta noche. Haz el amor con Reed nuevamente y sincérate con todos los que quieres.

—Pero…

Corta la llamada. Me quedo en blanco.

—Vaya… Bueno, lo tenemos —asegura el muchacho.

—¿Y qué? Estoy jodida, Andrew. Quizá debería buscar a todos y huir del país. Quizá debería…

—Escuchar su voz real —dice interrumpiéndome y reproduce la llamada.

La voz es de un hombre mayor, bastante, diría yo, tal vez entre sesenta y setenta años. Se siente bien saber que es solo un viejo decrépito.

—¿La reconoces? —pregunta.

—No.

—¿Podemos compararla con alguna base de datos? ¿Seguridad Nacional, FBI, NSA, CIA?

—No almacenamos registros de voz de personas que no sean de interés, no todavía —le respondo.

—Volvemos al principio. Qué mierda.

—Pero en Seguridad Nacional tenemos un sistema de vigilancia en directo.

Andrew suelta una carcajada.

—Ainara, ya deben de estar buscándome en todo el país, ¿y piensas meterme en uno de los lugares más seguros del mundo? Y si pudieras meterme, necesitaríamos tener la suerte de que el dueño de esa voz haga una llamada.

—Soy la jefa, puedo hacer lo que quiera. Entrarás y cruzarás los dedos conmigo.

—¿Y los *hackers*?

—¿No eres multitarea? —le pregunto dándole una palmada en el hombro.

Él sonríe. Tomo un par de teléfonos desechables, le entrego uno.

～

Oficinas centrales de Seguridad Nacional
12:30 p. m.

Ser una consumidora de alcohol en la oficina fuera de horas laborales me hizo socializar con los guardias de seguridad, haciéndome bastante cercana a algunos. Al llegar al edificio hablo con uno de ellos. Le pregunto cómo sigue su esposa y qué tal le está yendo a su hijo en la liga de béisbol escolar. Al terminar la cháchara, le pido que escolte a un hombre hasta la sala de servidores porque venía a hacer un trabajo de mantenimiento. No es común que personas extrañas entren al edificio y menos hacia los servidores, pero soy la jefa y su «amiga», ¿por qué dudaría en hacerme caso?

Desde el elevador observo cuando Andrew se presenta y es llevado al interior; espero que funcione.

En la oficina hay cierto apremio porque el presidente dará un discurso dentro de unas semanas en Nueva York y nos han asignado la tarea de dirigir desde aquí las tareas de limpieza de riesgos. Tenemos que evaluar a todas las personas de interés que hayan ingresado a la nación o tengan planes de hacerlo, y otra cantidad de medidas de seguridad casi impensables. Dexter es una de las mayores preocupaciones. Así que mientras Andrew hace su magia, yo me pongo a planear y a hacer mi trabajo.

~

4:20 p. m.

El móvil desechable suena en mi bolsillo cuando converso con Joseph en mi oficina. Mi indecisión entre atender ahí o salir para hacerlo afuera se refleja en mi rostro.

—¿No vas a atender? —pregunta con curiosidad.

No puedo dudar o ponerme misteriosa.

—Por supuesto, solo no quería interrumpir nuestro trabajo.

Atiendo con el corazón acelerado.

—¡Lo tengo, Ainara! Está hablando con una mujer por teléfono, tengo su maldita ubicación —dice Andrew excitado.

Bingo, voy por ti y veremos qué tan rudo eres de frente.

—Sí, todo está bien. Al salir de la oficina pasaré por allá —digo para actuar normal.

—¿No puedes hablar? Entiendo —afirma Andrew—. Te dejaré la dirección por mensaje y el número, se llama Thomas. Me largo de aquí, no soporto estar encerrado en un edificio lleno de… tú me entiendes.

—De acuerdo, estamos en contacto. Yo lo llamo.

Cuelgo.

Joseph me pregunta si todo está bien. Le confirmo que sí y luego le pido disculpas por tener que salir. Atraparé a ese maldito antes de que caiga el sol.

10

MALDITOS HACKERS

Great Falls, McLean, Virginia
5:00 p. m.

LLEGO A UNA IMPRESIONANTE PROPIEDAD, por el tamaño de sus jardines y la inmensa mansión, sin mencionar la envidiable vista del río Potomac. Se respira tranquilidad y hasta se escuchan diversos pájaros cantar.

Aunque está cercada completamente, no tiene mucha vigilancia. Es raro y ventajoso, más cuando no puedo fallar. Todo depende de lo que logre aquí, ahora.

Salto una de las cercas y avanzo por la propiedad ocultándome entre los arbustos. Mi corazón late con fuerza y la adrenalina me da más velocidad, agilidad. Vuelvo a ser Ainara Pons y, aunque parece enfermizo, sonrío al notarlo. Escalo por una de las paredes hacia el segundo piso e inicio mi búsqueda en el interior. Desenfundo mi arma.

Lo primero que enciende mis alarmas es la cantidad de cámaras que hay dentro; no vigilan que algún extraño entre sin permiso, vigilan que alguien no salga. No puedo arriesgarme a ser vista mientras reviso todo el lugar. Saco el móvil desechable y le marco al número que me dio Andrew. El sonido hace eco en toda la casa y mi corazón se acelera más. Me concentro y camino con sigilo al lugar de donde proviene, una habitación.

Me pongo detrás de la puerta. Respiro profundo, reviso el seguro de mi Heckler y entro.

—¡No te muevas o disparo! —advierto con euforia, sonriendo.

Un hombre estaba de pie y me mira absolutamente sorprendido, sin poder creérselo. No esperaba visitas y menos a mí.

—A… som… bro… so —suelta aún impresionado. Se le dibuja una sonrisa—. Creí que exageraban al decir que eras un peligro para el Anillo y que la orden de deshacernos de ti era muy apresurada. Pero es que eres de otro mundo. ¿Cómo? ¿¡Cómo!? Te tenían vigilada… ¡Maldita sea! Es que no lo puedo creer. Te miro y me parece una ilusión. ¡Ainara Pons!

—¡No hagas movimientos bruscos o dispararé, no lo dudes!

Voy hacia él y lo registro con rudeza, jalándolo por los pocos cabellos que le quedan, guardándome uno.

—Créeme que de ahora en adelante jamás dudaré de tus palabras o tu capacidad, Ainara Pons. —Se carcajea otra vez—. Ainara Pons, ese nombre me quedará grabado hasta el día de mi muerte, muchacha.

—Amén… ¡Ahora dime! ¿¡Quién demonios eres y qué es lo que está pasando realmente!?

—Primero déjame disculparme por lo ocurrido en el hotel. Nuestro líder quiere fuera de circulación a Dexter, no fue mi decisión, y tú debiste contarnos acerca de aquel encuentro. Debiste morir, pero O'Sullivan es una bestia.

—¿¡Quién eres!? ¿¡Quién es el líder!?

—Eres inteligente. Dime, ¿qué has notado? ¿Parezco una amenaza? ¿Qué me dices de las cámaras?

—Solo sé que eres un imbécil muy valiente por teléfono y quien provocó que Leonore se suicidara, ¡quien me amenazó hace unas horas!

—Nunca sabrás quién es el líder, ni yo lo sé. Solo soy un sirviente viviendo en un castillo. Suplicaré para que te den otra oportunidad. Y ya que lo pides, te contaré una historia. Siéntate —dice y él toma asiento—. Creo que lo primero que deberías saber es que el Anillo nació por tu culpa.

—¿De qué demonios hablas? ¿Perdiste el juicio?

—Como lo escuchaste. Tú hiciste algo impensable, improbable, algo para lo que nadie estaba preparado. Destruiste la operación de los Walker, la más grande del país. Grandes organizaciones criminales fueron salpicadas, y muchas pequeñas, acabadas. De ahí nació la necesidad de una mejor organización, una tan grande y poderosa que no pudiera caer sin que los poderosos de Washington también lo hicieran. No se trataba de solo tener pequeñas conexiones con agentes de bajos niveles en el Gobierno, sino de ir por lo grande para poder tener seguridad y control.

—¿Fue mi culpa por detener una operación criminal que acababa con las vidas de cientos de mujeres inocentes y las de sus familias?

—Es como dicen, Ainara, a veces el remedio es peor que la enfermedad.

—¿Y tú cómo encajas en todo esto?

—Pensé que me reconocerías, como cualquiera. Aunque admito que eres joven. Soy Thomas Turner, un pequeño «magnate» petrolero. Un día acudieron a mí con una invitación.

Baja la mano para abrir la gaveta de su escritorio. Lo apunto a la cabeza.

—Solo sacaré un papel —me avisa y lentamente lo saca para entregármelo—. Con esta tonta carta me invitaron a unirme. Me llamó la atención por estar escrita al revés, me recordó esas historias que hablaban de los Rothschild, de sus famosas invitaciones y alocadas fiestas. Así que fui y una vez que supe de qué se trataba, no pude salirme. Lo intenté, créeme. Pero así fue como asesinaron a mi hijo Sean. Si volvía a desafiarlos, entonces irían por mis nietas y por cualquiera al que le tuviera aprecio. Ahora mírame aquí.

Me cuesta creerlo, sin embargo, tiene un absurdo sentido. Necesito más información.

—¿Por qué te vigilan tanto?

—Porque soy el encargado de las relaciones públicas, por decirlo de alguna manera. He conocido en persona a muchos de los reclutas, los que aceptan para conseguir beneficios o los que se niegan, a esos siempre les va mal. Conocí en persona a Leonore, fue una lástima su final.

—No menciones su nombre. ¿Qué harás ahora que ellos deben saber que te encontré?

—¿Yo?, nada. Antes de todo el desorden que ha ocasionado el joven O'Sullivan, pensaban presentarnos en persona para mejorar nuestra relación. Claro, si lograbas capturar a esos… *hackers*. Por cierto, ¿cómo vas con eso? Te queda muy poco tiempo.

—Te encontré a ti. Podré con ellos.

Él sonríe mientras me mira con los ojos brillosos y asiente repetidas veces.

—Ahora estoy seguro de que lo lograrás. Me caes bien, Ainara. Nunca nadie había llegado tan lejos, a mi casa. Pero debes irte y apurarte, no te conviene quedarte más tiempo aquí.

—Sé lo que debo hacer. Solo dos preguntas más, ¿qué es lo que buscan? ¿Cuál es mi situación ahora?

—Pensé que preguntarías tontamente quién es nuestro misterioso líder, pero no, Ainara Pons no pierde saliva en vano. Ellos lo quieren todo, quieren controlar el país y no están muy lejos; nada cambiará, salvo que pelearé para que te den otra oportunidad y no tengas un triste final. Yo seguiré hablando por los de arriba, dándote las órdenes, y si no obedeces... No habrá más oportunidades.

—No necesito otra. Tendrás tus malditos *hackers*.

Un teléfono rojo sobre su escritorio comienza a sonar y él me mira fijamente, sonriendo.

—Ahora debe irse, señora secretaria. Debo abogar por usted. Nos vemos pronto.

❧

Vivienda Pons-Reed
6:30 p. m.

Llamé a Andrew antes de venir y me dio buenas noticias. Está encaminado, pronto debería darme resultados para encontrar a los piratas informáticos.

Vine a casa para estar un rato con Danny e intentar dormir, comer, vivir. Compré *pizza* para los tres porque hasta a Bob tengo descuidado. Al introducir la llave en la cerradura, la puerta recibe toda la fuerza de mi bestia negra, quien ya sintió mi olor. Apenas abro, se me abalanza encima y por primera vez siento alegría mientras juego con él. Danny no tarda en aparecer con el brazo enyesado. Me quita la *pizza*, la coloca en una mesita y se sienta a nuestro lado, observándome, sonriente.

—Te esperaba con ansias —dice y me besa.

—También contaba los minutos para estar con ustedes. Son lo más importante que tengo… mi familia.

Me pide que me siente entre sus piernas y me rodea con los brazos.

—Lo siento si la férula…

—Está perfecto así, no cambiaría nada de este momento, Danny. Gracias por buscar…

—No me tienes que agradecer nada. Por ti haría lo que fuera —asegura y me besa el cuello y la cabeza—. Te amo.

Oírlo decir eso, cuando se ha arriesgado tanto para ayudarme sin pedir explicaciones y después de que casi lo matan por mi culpa, aunque no lo sabe, me hace sentir terrible. Soy tan injusta y él tan increíble. No puedo imaginarme sin él.

—¿Por qué lloras, amor? —pregunta y me abraza más fuerte.

—Porque soy una imbécil. Porque casi mueres ayer y ahora es que comprendo lo cerca que estuve de perderte, y no puedo perderte, Danny. No sé qué haría sin ti.

Se arrastra y coloca al frente de mí. Me toma por la quijada y delicadamente limpia mis lágrimas.

—No me vas a perder y no pienso dejarte sola, jamás. Vamos a volvernos viejos juntos. Te esconderé el bastón para que no vayas a comprar *whisky* —dice y me hace reír—. Te seguiré llamando princesa todos los días y me seguirás riñendo.

—¿Me lo prometes?

—Con mi vida, prin… ce… sa…

Se me escapa una carcajada y a él también. Me besa, me ayuda a levantarme, yo agarro la caja de *pizza* y nos vamos a la cama.

∼

Centro, Washington D. C.

Ayer le demostré mi capacidad al Anillo y gané algo de tiempo, o eso creo, cené bastante *pizza*, hice el amor y dormí más de doce horas. Me siento renovada y con mejor actitud para enfrentarme a todo. Lo que me ayudó en la oficina. Pude enfocarme en los asuntos de seguridad y, analizando patrones, logré descubrir a un grupo de sirios que motivados por el ataque de Dexter aceleraron su plan de empezar a hacer pequeños atentados dentro de la ciudad. Hombres de bajo perfil que hacían vida aparentemente normal, pero como monitoreamos a todas las empresas y tiendas que producen, importan y distribuyen cualquier material que podría utilizarse para armar bombas, noté que los pedidos recurrentes de los sirios, que ya estaban resaltados al igual que los de otros millones de personas, se triplicaron ayer. Formé un equipo y los envié a las direcciones de los diez sujetos. Encontraron tambores llenos de peróxido de acetona, mecanismos receptores, detonadores y armamento, pistolas, escopetas y mucha munición. También tenían planos de sitios turísticos a los que pensaban ir. Se detuvieron a más de treinta personas y caerán más a medida que suelten todo lo que saben en los interrogatorios.

No sé cómo lo hizo. Dexter me dejó amarrado al collar de Bob un teléfono desechable e indicaciones para comunicarnos. Él piensa cazar a los miembros del Anillo por su lado y quedamos en tener cooperación solo y cuando fuera realmente necesario.

Ahora estoy a punto de encontrar a los *hackers*. Aunque no estoy segura de qué haré con ellos.

—La señal sale del edificio que tienes al frente. Piso cuatro. De acuerdo con el plano que conseguí, debería ser el apartamento B. La rubia *sexy*, Joanna, está ahí dentro con varios hombres de distintas nacionalidades; un ruso, un checheno. Los veo por las cámaras de las *laptops* y de los teléfonos —informa Andrew por el auricular en mi oído.

—Voy por ellos. Estate pendiente de todo, eres mis ojos.

—De acuerdo, suerte.

Me apresuro al interior del edificio. Tomo las escaleras para no perder el tiempo. Busco velozmente y toco la puerta.

—¿Quién? —pregunta una voz femenina.

—Necesitamos hablar —respondo torpemente, no pensé qué diría.

—No sé quién demonios eres. No tenemos nada de que hablar —dice algo nerviosa.

—Yo sí sé quién eres tú, Joanna. Soy de Seguridad Nacional. No quiero…

Escucho movimientos y vidrios romperse. Dejo de perder tiempo y pateo la puerta hasta que la abro. Por un segundo me impresiona la gran cantidad de computadoras recién desempacadas en la sala. Me concentro y prosigo.

—¿¡Joanna!?

Corro hacia el pasillo y, esquivando los obstáculos, sigo hacia el cuarto que tiene la puerta abierta. La encuentro intentando escapar por la ventana. Logro tomarla por la camisa y la someto contra el suelo.

—Joanna, no soy tu enemiga. Quiero ayudarte. Todos están en peligro.

—¿Por qué querrías ayudarnos? ¿Quién demonios eres?

—El Anillo me tiene acorralada. Me mandaron a cazarlos.

—¿Qué?

Un hombre muy blanco se asoma en el cuarto con las manos arriba.

—Joanna, está bien. Es la secretaria de Seguridad Nacional, está en nuestro bando. Señora Pons, discúlpela. Es nueva en el grupo, muy joven y volátil. Mi nombre es Viktor. ¿Por qué nos busca usted en persona?

—El Anillo los quiere eliminar y me mandaron a cazarlos…

—Entiendo —dice con serenidad.

Es demasiado tranquilo, no me gusta.

—¿Qué hacen ustedes? ¿Cuál es la idea de todo esto?

Mientras el hombre de acento ruso me cuenta los motivos por los que empezaron su lucha —desenmascarar al Anillo y luchar por la libertad, bla, bla, bla—, salen cinco personas más de otras habitaciones. Los examino con la mirada. Intento determinar cuántos son, qué tanta verdad hay en sus palabras y dónde tienen las demás armas, solo veo un revólver en una mesa. Son extraños y siempre lucen nerviosos, no me inspiran nada de confianza. Joanna se ha fumado tres cigarros en menos de diez minutos. Nada tiene mucho sentido. ¿Los entregaré?, es lo lógico si quiero más tiempo, pero los asesinarán sin dudar.

—¿Cuál es el plan? Porque debo entregarlos en menos de cuarenta y ocho horas.

Todos a excepción de Viktor me miran con recelo y siento que la tensión aumenta. Malditos *hackers*.

—¡No nos entregaremos a nadie! ¡Somos libres y moriremos libres! —asegura Joanna.

«Quedan dos más en otra habitación, Ainara. Están preparando sus armas. Sal de allí», dice Andrew.

—Hay mucho silencio… algo no está bien —dice Viktor y se levanta.

Un checheno coloca su mano sobre el revólver.

—¡No la levantes! —grito y lo apunto.

«¡Van a salir de los cuartos con rifles en mano, Ainara!».

Tomo a Viktor como escudo y apunto hacia el pasillo. Apenas diviso a los hombres, la puerta principal a mi

izquierda se viene abajo por una fuerte explosión, lanzán-
donos al suelo. Sujetos encapuchados entran disparándonos.
Me dan en el cuello y, por reflejo, logro sacarme el dardo
antes de que todo comience a oscurecerse.

«¡Ainara, Ainara…!».

95

11

EL CAMINO AL INFIERNO ESTÁ PAVIMENTADO DE BUENAS INTENCIONES

DESPIERTO MAREADA, desorientada y con un fuerte dolor de cabeza. Estoy sentada en una silla. Al contrario de todas las veces anteriores, no estoy amarrada y, para hacerlo más extraño, un arma posa sobre mis muslos. A pesar de la oscuridad puedo ver que al frente de mí están amarrados y amordazados Joanna, Viktor y los demás. Lloran y lucen aterrados.

Apenas intento ponerme en pie, se encienden muchos focos, encandilándonos, y el lugar se ilumina por completo. Estamos rodeados de varias docenas de hombres armados, en lo que parece una especie de galpón. Unos parlantes se encienden y una música *country* empieza a sonar. Me quedo inmóvil intentando comprender la situación, apretando la pistola.

—Buenas, señora secretaria —saluda Thomas por los parlantes con la voz disfrazada—. Espero que no hayan sido muy bruscos al traerla. Muchas gracias por haber llegado a este punto de la misión.

No ha terminado, porque falta que yo los asesine, comprendo finalmente.

—No los mataré.

—Siempre tan directa. Pero debes hacerlo, por tu bien y el de los tuyos.

Me niego con insistencia mientras Joanna me mira fijamente a los ojos, llorando e intentando gritar.

—¿Llegaste tan lejos para acabar aquí, Ainara? No me decepciones.

—Nunca he matado a alguien que no haya intentado asesinarme primero o a alguien inocente. No está en mi ADN, no puedo hacerlo y prefiero mo…

—*Okey*. Dispárate en la cabeza como Leonore y salva a tus seres queridos. Pero esos desconocidos que tienes al frente morirán igual.

Lentamente tomo el arma y la voy levantando hasta tenerla en mi sien. Estoy harta, quiero que acabe todo y no tengo más opción. Por lo menos les hice justicia a Rachel y a mi madre.

—Rachel… —musito con los ojos cerrados—. Perdóname, Danny.

—¡Hazlo! —grita.

Agarro todo el aire que puedo y grito con todas mis fuerzas, dejando salir la rabia, el dolor y la frustración. Siento los pálpitos del corazón en la garganta y aprieto más los ojos. Tiro del gatillo. No pasa nada. Exhalo el aire que comprimí en mis pulmones.

—¡Extraordinario! Eres la primera que lo intenta. Todos asesinan con tal de continuar con vida, algunos hasta agradecen la oportunidad. Leonore no dudó mucho y mató a una joven prostituta que quería mancillar el buen nombre de un miembro del Anillo. Eres especial, Ainara.

—¡Vete a la mierda, Thomas! —grito aún recuperándome de los nervios. Siento náuseas, me controlo.

Haberlo llamado por su nombre debió de molestarlo, porque se quedó callado.

—Alfa, asesínalos —ordena por fin—. Ainara, la cena estará pronto. Espero que tengas apetito.

Un enorme hombre camina hasta el centro, quedando en el medio de los *hackers* y yo. Levanta su arma y hace ocho disparos. Al suelo caen ocho casquillos y ocho cadáveres.

—¡Malnacido infeliz! ¿¡Cómo pudiste!? —grito mientras se me acerca y me golpea en la cabeza.

Pierdo el conocimiento otra vez.

~

Great Falls, McLean, Virginia
Atardecer

Despierto cuando estamos llegando a la mansión de Thomas. Voy en el puesto del copiloto. Un hombre muy anciano conduce con tranquilidad.

—Despertaste justo a tiempo —dice con una sonrisa—. ¿Eres la nieta del señor? Nunca había traído a alguien. Siempre traía provisiones, ¿sabe? Alimentos, bebidas y esas cosas.

—No soy la nieta de nadie —respondo y me acomodo.

—Bueno, espero que el viaje haya sido de su agrado —dice y detiene el auto—. Usted tiene muchas pesadillas. Gritó muchas veces el nombre de una tal Rachel. ¿Perdió a alguien?

—A muchas personas…

—Entiendo, ¿le puedo dar un consejo?

—Adelante.

—Despídase de todas esas personas y empiece a vivir para usted.

—¿Cómo se hace eso?

—Hay diferentes maneras, pero una me funcionó a mí. Llené un globo con helio, le puse la foto de mi hijo, escribí su nombre y después de decirle todo lo que tenía adentro, de llorar, de reír, de recordar y de maldecir mucho, lo dejé ir.

—¿Por qué funcionó?, no entiendo.

—Porque la primera vez fue el cáncer quien me lo quitó y sin dejarme despedir de él adecuadamente; esa vez con el globo, conversamos, me despedí y fui yo quien lo dejó ir. ¡Fue mi decisión!

—Entiendo, gracias —digo con sinceridad, aunque sin creer que algo así funcione.

Me apeo y entro en la mansión, por la puerta principal y sin esconderme. Thomas me esperaba e indica el camino hacia el salón donde está el comedor. Me invita a sentar mientras una mujer comienza a servir.

—No tengo apetito —miento. El pavo huele increíble—. ¿Por qué estoy aquí?

—Ainara, has tenido unos días muy duros. Degustemos esta deliciosa comida y después te responderé algunas preguntas —pide y toma asiento.

—Ne...

—Después de cenar.

—Al diablo...

Me siento al otro extremo de la mesa y comienzo a comer con hambre atrasada. Hace mucho que no probaba algo bien preparado. Me tomo mi tiempo y solo paro al estar realmente llena.

Thomas sonríe al verme satisfecha y luego de unos minutos termina.

—¿Fue de tu agrado? —pregunta.

—He comido mejor.

Estoy segura de que sí, pero no recuerdo cuándo.

Se me viene la imagen de los rostros de Joanna y Viktor siendo asesinados, termina mi poco buen humor.

—Asesinaron a esas personas por mi culpa. ¿Ahora qué?

—No fue culpa de nadie, ellos se lo buscaron. Gajes del oficio.

—Para ser un rehén del Anillo, pareces disfrutar lo que hacen.

—¿Tengo opción? Solo soy un viejo que hace lo que puede para vivir un poco más. Sé que no soy indispensable, y si no hago bien mi trabajo… Pero pregúntate, ¿en realidad el Anillo es el malo?

Me carcajeo unos segundos y me bebo la copa de vino que tengo al frente.

—Han matado a muchos y solo en la semana que llevo conociendo su existencia.

—Y faltan muchos más, la verdad. Queremos hacer un cambio en el mundo y los grandes cambios requieren sacrificios. Sin embargo, no se compara con las muertes que los Gobiernos propician. No solo con sus fuerzas de exterminio, también con la corrupción que empobrece a millones, condenándolos a vidas miserables, los costosos sistemas de salud… Podría seguir un par de horas.

—¿Y por qué demonios ustedes creen que son mejores o que harían mejor? —pregunto.

—No queremos ser mejores, queremos hacer un gran cambio, y lo lograremos muy pronto, cuando tengamos el control total de este país. Mira, comenzamos con el crimen. Lo redujimos drásticamente al eliminar a aquellas organizaciones que no querían unirse al cambio; traficantes de órganos, traficantes de personas, estafadores, ladrones, carteles de drogas y mafiosos. Ahora todas o casi todas coexistimos en paz. Claro, Leonore fue una gran cooperante al principio y se llevó muchos de los méritos. Somos un pequeño gobierno con leyes propias y no rendimos cuentas a nadie, los demás nos las rinden a nosotros.

—¿Cuáles leyes? ¿Obediencia absoluta o morir?

—Suena mal cuando lo dices así, aunque eso las resume un poco. El orden requiere mano dura.

—Nunca llegarán a la presidencia ni a controlar el país.

—Ya lo veremos —dice guiñándome el ojo.

—¿Cuál es el objetivo de todo? ¿Volverse más ricos y poderosos?

—Ya somos ricos, y los de arriba, muy poderosos. En nuestra próxima reunión te contaré más. Ahora hablemos de trabajo. Tu siguiente misión ha sido enviada al correo electrónico que te di. El archivo está encriptado, pero seguro no será un problema para Andrew Collins.

Me hace tragar saliva y continúa.

—¿Creías que no lo notaríamos? Aunque confieso que tardamos demasiado en atar los cabos; Danny Reed fue a Kansas y luego hubo reportes de que aquel genio de las computadoras escapó de su cómoda prisión domiciliaria. Fue gracias a él que me encontraron. Tengo esperanzas de que eventualmente abras los ojos y te conviertas en un verdadero miembro del Anillo, y quizá nos traigas también a Collins, sería un activo muy valioso.

—Jamás.

—Bueno, seguro lo encontraremos antes. De acuerdo, notarás que es muy sencilla tu nueva misión y quizá hasta te guste. Sacarás del medio a un mal hombre y a su terrible organización.

—¿A quién?

—Vete y averígualo. Ya tuviste una comida decente, te respondí algunas preguntas y ahora ambos debemos volver al trabajo. Por cierto, felicitaciones por atrapar a los sirios. No es conveniente para nuestros planes que haya más locos sueltos. Queremos orden, no caos.

Me levanto y camino hacia la salida.

—Ainara, haremos que esta nación vuelva a ser la más poderosa del planeta, nos temerán y crearemos un mejor mundo. Tenemos buenas intenciones detrás de todo lo que ahora te parece malo.

—El camino al infierno está pavimentado de buenas intenciones, Thomas. Hitler también aseguraba tener buenas intenciones y se convirtió en uno de los genocidas más grandes de la historia.

~

El Paso, Texas
Domingo 8 de diciembre
5:20 a. m.

No le conté nada a Andrew acerca de que ya saben que él está ayudándome, no quiero que el pánico afecte los grandes resultados que logra. Mi repentino secuestro cuando estaba en la casa de los *hackers* ya lo había puesto muy nervioso. Solo aclaramos que restringiríamos el contacto físico. Ahora nos comunicamos solo por teléfonos desechables para casos urgentes y por medio de más de cien correos electrónicos que creó para lo demás. Tengo una lista en papel de los correos a utilizar, los rotaremos cada dos horas, cada día. Él con sus programas no puede ser rastreado, yo usaré diferentes computadoras; manejo un edificio lleno de ellas. Por ahora lo mantengo vigilando a la exesposa del fallecido hijo de Thomas y a la secretaria de Estado.

Tal y como dijo Thomas, no le fue difícil a Andrew abrir el archivo, y la misión es más aceptable que la anterior.

Acabaré con un cartel de drogas, aunque esta vez no seré yo sola, estoy con mi gente. El Anillo me proporcionó los planos detallados de la hacienda donde está la operación principal de recepción, empaquetado y distribución nacional del cartel.

—Señora secretaria, estamos listos para iniciar el procedimiento. Discúlpeme si insisto, pero debería quedarse. Tenemos todo en orden y el satélite nos ayuda con los puntos ciegos —dice el líder táctico de la operación, Rojo Uno.

—Ainara, quédate —pide Danny, quien sí se quedará por no estar aún al cien por ciento debido a la fisura en el brazo.

—Yo organicé esta operación y voy a entrar. Reed, estaré más tranquila si sé que vigilas mis espaldas desde aquí. Vamos —digo y me pongo el auricular para hablarles a todos.

«Aquí líder Obús. Entramos en treinta segundos. Prepárense para abrir la puerta».

«Rojo Uno. ¿Tipo de fuego?».

«Líder Obús. Ante el menor riesgo, disparen. No tendremos bajas hoy, Rojo Uno».

Avanzamos veinte agentes a pie, por el túnel que utilizan los miembros del cartel de Darío González para entrar a su finca con los cargamentos de droga. Mide casi un kilómetro y es bastante amplio, pasan autos pequeños con facilidad. Si bien apesta a carne en descomposición y hay ratas aquí adentro, está bien iluminado.

Iremos por González hasta su habitación del pánico y él nos abrirá la puerta, aunque no lo sabe.

«Azul Tres. ¿Puedo ponerme la máscara de oxígeno? Esto apesta a muerte».

«Verde Uno. Les dije que "Bebé Tres" no estaba preparado».

«Azul Uno. "Bebé Tres", deja de llorar o no volverás a estar en mi equipo».

«Líder Obús. Si no se callan ahora mismo, ninguno volverá a estar en ningún equipo».

«Halcón Uno. El establo está despejado. Los enemigos más cercanos juegan cartas a treinta metros del edificio».

«Rojo Uno. Llegamos en dos minutos».

Cuanto más nos acercamos, el putrefacto olor nos ataca sin piedad y pronto divisamos con horror el origen de este. Pasamos al lado de una pila con más de cincuenta cuerpos en diferentes estados de descomposición, la mayoría cercenados y todos con impactos de balas. Enormes ratas devoran cuanto pueden de aquellos que alguna vez tuvieron pulso. Es tan asqueroso que cuando Bebé Tres empieza a vomitar el estómago se me termina de revolver e inevitablemente también expulso todo lo que tengo adentro.

«Rojo Uno. No se asombren mucho. El satélite mostró tres fosas más en los alrededores de la finca. Apresuren el paso».

Llegamos a una escotilla que da hacia el interior del establo y entramos uno a uno hasta estar todos.

«Líder Obús. En posición».

«Halcón Dos. Algo no anda bien. Hay mucho movimiento. Veo hombres corriendo».

«Aquí Reed. Algo no anda bien, Obús. Retírense».

«Líder Obús. Seguimos con el plan. Envíen a la caballería y cerquemos el lugar».

12

SOY MALCOLM

Todo marcha de acuerdo con el plan. Thomas me dijo que tenía varios infiltrados en el cartel que crearían distracciones para que pudiera quedarme sola en el momento indicado. Ahora avanzo con Azul Tres, quien me rogó que lo dejara acompañarme, por el otro túnel dentro del establo que llega hasta la salida de la habitación del pánico. Mientras los demás se encargan de tomar el lugar y asegurar a los civiles, nosotros dos esperaremos a Darío cuando intente escapar. Apago mi micrófono y le indico a mi compañero que haga lo mismo.

Llegamos a la compuerta de acero y nos escondemos del lado que tapará al abrirse. Escuchamos los disparos por los auriculares sin movernos. Los segundos parecen eternos y el calor no hace más sencilla la espera. Tres minutos después la compuerta de acero se abre.

—¡Tenemos que irnos ya, señor! Son un chingo de polis. No podemos perder el tiempo.

—Esos putos se van a llevar a mi vieja, Emilio —responde el narco.

Escuchamos en silencio y con las armas listas. Al estar segura de que solo están Darío y su mano derecha, asiento para que Azul Tres sepa que vamos.

—¡Seguridad Nacional! ¡Arriba las manos! —grito con el arma apuntando sus rostros.

Aunque González hace caso, su acompañante no y lo reducimos con varios tiros cuando intenta dispararnos. Afortunadamente, diviso sin problemas la carpeta roja en un estante, solo me falta encontrar el *pendrive*. La información que hay allí debe ser muy valiosa, necesito verla antes de entregársela a Thomas. Ordeno a Azul Tres que revise a Darío y luego que espere afuera.

—Debo quedarme a su lado —dice serio.

—Es una orden, Azul Tres. Ve afuera.

—¿Salimos o entramos? ¿De qué se trata esto? ¿O es que quieres dinero, «mamacita»? Puedo darte todo el que quieran si me dejan esca…

Le pego en la cara a Darío con el rifle y cae al suelo. Azul Tres avanza por la habitación del pánico en contra de mis órdenes. Toma la carpeta roja. Sin dudar y sabiendo la contraseña, abre una caja fuerte. González se queda absorto y también lo entiende.

—Recibo órdenes del Anillo y debo quedarme con esto —dice luego de extraer la memoria *flash*.

—¡Malditos! ¡No tienen derecho ni son mejores que yo! —grita González.

Azul Tres se pone al frente de Darío y le extiende la mano para ayudarlo a levantarse. Este se sorprende y se calma un poco.

—Si solo era un escarmiento, lo acepto y prometo que…

Azul Tres le suelta dos disparos al pecho. Se agacha, le pone un arma en la mano y suelta varios tiros en dirección a la puerta.

—Nos atacó y no tuvimos alternativa. En marcha —dice y me da la espalda para irse.

Van dos pasos delante de mí. ¿Podré ganar? ¿Siquiera tengo alguna oportunidad?

~

Washington D. C.
Doce días después, 20 de diciembre
1:15 p. m.

—Ahí va —avisa Dexter y me saca de mis pensamientos—. ¿Estás bien?

—Sí, sí. Solo un poco despistada.

—Podemos cancelarlo. Igual no me complace ayudarte a hacer trabajos para esos malnacidos.

—No tenía a quien más recurrir, Dexter. Estoy entre la espada y la pared. Ya no sé qué hacer. ¿Cómo le dejaste el teléfono en el collar a Bob?

—Saca a tus seres queridos del país y únete a mí. Tu novio te apoyará. Me llevo bien con los animales —admite sonriendo.

Es muy extraño verlo sonreír, pensé que no lo hacía.

—Arranca —le pido—. ¿Qué has logrado? Volar en pedazos las casas y negocios de senadores y empresarios no ha sido de mucha ayuda.

—También he eliminado a unos cuantos —dice y pone la furgoneta en movimiento—. Menos basura en el mundo.

—Por cada uno que elimines, aparecerán cinco más, Dexter. No aceleres tanto o se darán cuenta. —Libero un suspiro y reviso mi armamento—. Si no atrapamos al líder, nunca ganaremos. Creo que ni siquiera estamos jugando a su juego. No a voluntad, ellos nos mueven como fichas. Míranos en este momento.

Dexter maneja con una mano mientras que con la otra termina de armar un explosivo plástico, y conversa tranquilamente conmigo. No sé si está desquiciado o es demasiado bueno en lo que hace.

—Tengo un plan en mente. Te lo diré antes de que lleguemos a la intercepción, tenemos tiempo. Aunque no creo que te guste. Pero como veo la situación, no hay más alternativas. Estoy cansado de matar pájaros, quiero ir por el águila y para eso te necesito.

—¿Qué plan?

—Debes morir.

—¿Qué? —pregunto y se me escapa una carcajada.

—Debes pelear en las sombras. Necesitas quitarte la mira de encima, que dejen de seguirte y espiarte en todos lados. Nadie persigue a los muertos.

Aunque tiene bastante lógica, no podría hacerle eso a Danny. Lo destrozaría, y si le cuento la idea, podría estropearla. Ni siquiera sé cómo lo haría. Y podría resultar peor si me descubren. Sería el último y más absurdo de los recursos.

—Es imposible. Me iría a un extremo del que no creo que pueda salir, y menos victoriosa.

—Te dije que no te gustaría. Están por llegar a la intercepción. Activa el explosivo.

Le doy al botón y activo el pequeño explosivo en una de las ruedas de la camioneta de la prisión del condado. El vehículo pierde el control y se estrella contra un árbol. Dexter se detiene cerca y bajamos muy rápido. Él coloca la carga en la puerta trasera de la camioneta y la detona. Como esperábamos, todos están inconscientes. Dexter se monta el prisionero al hombro y yo compruebo el pulso en los guardias.

—¡Con un demonio, no hay tiempo de eso!

Para mí sí. Luego de terminar, corro a su lado. Amarramos al prisionero al puesto del copiloto. Dexter saca la motocicleta de la parte trasera de la furgoneta y se sube.

—Piensa en lo que te propuse y llámame cuando estés lista. Haríamos más desde las sombras —dice y arranca sin dejarme darle las gracias.

Sin Dexter, no habría podido robarle este desgraciado a la prisión del condado. Le marco al 911 y aviso del accidente para que asistan a los guardias.

Como tengo tiempo, conduzco hasta un lugar alejado antes de ir al punto de encuentro, en donde debo entregar a este hombre. Primero lo interrogaré.

—¿Dónde estoy y quién eres? —pregunta el prisionero cuando lo despierto.

—Soy tu hada madrina y te concederé un deseo después que me respondas unas preguntas.

Él empieza a reír a carcajadas, de una manera poco racional. Lo que me hace enfurecer demasiado. Le grito que se calle, pero no se detiene hasta que suelto un disparo al aire y le meto el arma en la boca.

—¿Ahora sí?

Intenta hablar, mi pistola Heckler no se lo permite y se la introduzco más.

—¿¡Ahora sí quieres hablar!?

Asiente pausadamente y le doy espacio.

—¿Quién eres?, ¿por qué el Anillo te quiso liberar?, ¿por qué estabas en prisión?

—Soy Malcolm, estoy preso por violación y no sé qué es eso del Anillo…

—¡No me mientas! —grito y lo golpeo en la cara—. ¡Dime algo de utilidad, malnacido!

Pasamos casi diez minutos así, yo gritándole y golpeándolo de vez en cuando; él sin decir nada y luciendo más confundido que yo. Me aseguró que no esperaba que alguien lo quisiera ayudar a escapar, que no tenía amigos fuera de la cárcel y su familia lo repudiaba. Tuve que aceptarlo y arrancar hacia el punto de encuentro.

Llego a un almacén enorme en las afueras de la ciudad. Hay varias camionetas y muchos hombres fuertemente armados. Al bajarme con Malcolm, me quitan mi pistola y me hacen caminar al centro junto con el prisionero. Solo reconozco a Alfa por su enorme tamaño. Me entregan un teléfono.

—Hola, Ainara —dice Thomas—. Lamento que esta llamada no sea para buenas noticias. Mira a Malcolm.

Subo la mirada y veo cuando Alfa le dispara en la cara una vez, con mi arma.

—Tenemos una grabación en la intercepción. Sales muy guapa al lado de Dexter O'Sullivan. Una pareja increíble para el crimen. Ahora tu arma y tus balas están en el cuerpo sin vida de Malcolm. Pero no te preocupes, solo es un seguro.

A cada segundo que pasa la idea de Dexter me parece más razonable.

—De acuerdo. ¿Ahora qué? —pregunto con frialdad.

—Ahora viene tu misión más importante, pero te la contaré en casa. Ven, prepararon algo exquisito.

—Tengo trabajo y debo ir a la oficina primero.

—Esperaré para que almorcemos juntos.

$\sim$

Great Falls, McLean, Virginia
3:00 p. m.

—¿Te gustó la langosta? —pregunta Thomas cuando termino de comer.

—No, siempre odié comer langosta. Detesto la idea de que las cocinen vivas. ¿Cuál es la siguiente misión? Sé franco, sin sorpresas ni misterios.

—Debes ganarte la confianza del presidente cuando te inviten a la Casa Blanca. Es necesario que él confíe en ti y estés como apoyo durante su discurso de Año Nuevo en Nueva York. Será dentro de ocho días.

—Así que él es el próximo en morir.

—Así es.

—Si tienen a tantos infiltrados, ¿por qué no asesinarlo otro día y de una manera más discreta y efectiva? —le cuestiono.

—Porque su caída debe ser por todo lo alto, debe crear conmoción en la población. Debe darnos el impulso para lograr el cambio que queremos en el país.

—¿Quieren ir a la guerra?

—No, bueno, no todavía —dice y luego posa su mirada en uno de los cuadros que adornan la sala—. ¿No es precioso? Es un…

—No sé nada de arte, nunca me gustó. Mi madre lo amaba e iba a muchas exposiciones. Gastaba cantidades absurdas de dinero para comprar cuadros de pintores famosos y lucírselos a las amigas. Las quería más que a mí, supongo que por eso el «arte» todavía me causa irritación. ¿También moriré en Nueva York?

Ahora posa su mirada en mí. Es seria e inexpresiva. Bebe de su copa y luego responde.

—Espero que no, deseo que no. Pero escapará de mis manos. Estaré lejos y, por lo que tengo entendido, se desatará un último caos ese día para que luego venga la calma.

—Voy a morir —aseguro y me levanto para servirme un trago de *whisky*.

—Llevabas semanas sin probar trago.

—¿Bebes uno conmigo y me cuentas una historia interesante?

—Será un placer —dice con cierta emoción—. Tengo cientos de buenas historias, es lo bueno de ser un viejo.

13

¿ARTHUR?

Casa Blanca, Washington D. C.
21 de diciembre
10:35 a. m.

THOMAS TENÍA RAZÓN. Fui invitada a la Casa Blanca al día siguiente.

Tuve suficiente tiempo para pensar y decidí que lo arriesgaría todo. Tengo un plan sorprendentemente alocado desde cualquier punto de vista y casi imposible de ejecutar, pero es la única manera.

Aguardo junto con Joseph para entrar en la oficina oval y reunirnos con el presidente. Es momento de comenzar.

—Joseph, ¿crees que tenga tiempo de ir al baño?

Ve el reloj y frunce el ceño.

—Sí, pero no tardes. La agenda del presidente es muy atareada, no se aceptan demoras.

Me levanto y apresuro. Un hombre del Servicio Secreto me escolta al de damas. Las revisiones para entrar a la Casa

113

Blanca y las medidas de seguridad en el interior son excesivas, no me arriesgué a traer nada que comprometiera el plan. Únicamente un marcador de tinta invisible.

Entro en un compartimiento privado y comienzo a escribirle una carta al presidente con papel higiénico, donde le planteo la extrema situación que se está armando y que él ignora. Le explico mi papel desde la muerte de Leonore y el alcance del Anillo. Le hago entender que no puede hablarlo ni confiar en nadie más que en su jefe de seguridad, a quien investigué junto con Andrew, no tiene familia, nunca mueve su ya millonaria cuenta de ahorros y fue un soldado honorable. Lo apuro para que me dé una respuesta esta noche, por el medio que prefiera que no incluya teléfonos ni ningún tipo de red porque estamos siendo vigilados. Hago énfasis en que estamos acorralados y que vamos a morir si no actuamos primero.

Después de que me tocan la puerta varias veces, al terminar, salgo. El hombre del Servicio Secreto me vuelve a revisar. Me pregunta por el papel higiénico dentro del bolsillo y le explico que ando en mis días.

—¿Preparada? —pregunta Joseph cuando vuelvo.

—Más que nunca.

—Excelente.

Entramos a la oficina oval. Saludo a varios miembros del gabinete del Gobierno, al ministro de Defensa, a la secretaria de Gobierno, al director general del FBI, a Phillip representando al FBI de Nueva York y quien me recibe con un abrazo. Por un instante me pregunto si será de los buenos o del Anillo. Lo olvido y me froto las manos. Meto una en mi bolsillo y compacto el papel dentro de mi palma. Camino hacia el presidente y nos damos la mano. Él siente algo más en medio de nuestras palmas y me mira a los ojos, dejando de sonreír. Acerco mis labios a su oído.

—Solo es papel higiénico. Dentro hay un mensaje de vida o muerte. Escóndalo y use luz ultravioleta para leerlo. Puede dudar, pero pregúntese, ¿qué gano mintiendo y arriesgándolo todo? Responda en voz baja.

—No es gracioso. ¿De qué se trata todo esto, señora secretaria?

—Suelte una carcajada… vamos, disimule.

Él lo hace y agrega un rápido chiste político que también me causa mucha «gracia».

—¿A qué está jugando?

—Acompáñenos cinco minutos mientras hablamos de las medidas de seguridad en su discurso y disimule normalidad. Luego conseguirá una lámpara de luz ultravioleta y se meterá en el baño a leer.

—¿Por qué crees que haría eso?

Este imbécil es más difícil de lo que pensaba.

—Si no lo hace, vamos a morir.

La secretaria de Estado se nos acerca para preguntarnos si nos uniremos. El presidente tarda mucho en reaccionar, pero lo hace magistralmente. Comienza a carcajearse a todo pulmón e inventa otro supuesto chiste que termina contándole al resto de los presentes.

—La señora secretaria tiene un gran talento para la comedia. Deberíamos darle un micrófono cuando aburra a los republicanos con mis discursos. Es una maravilla. Bueno, revisemos lo de Nueva York.

El presidente Nathaniel hace lo que le pido, luego de cinco minutos se retira excusándose con ir al baño mientras yo continúo prestando atención a la evaluación y supresión de riesgos para el evento que se celebrará en una semana.

Tras quince minutos, vuelve. Y aunque está serio y algo distraído, se involucra con nosotros hasta que se termina el asunto. Comenzamos a despedirnos de él e ir saliendo.

Cuando es mi turno, tengo el corazón palpitándome con fuerza. Todo depende de este momento.

—Gracias por venir, señora secretaria —dice y me da la mano para luego acercarse más—. Recibirá noticias de mí esta noche. Sabrás que es de mi parte: pez dorado.

~

Vivienda Pons-Reed
7:00 p. m.

Ceno y converso con Danny cuando suena el timbre. Él dice que irá, pero lo detengo. Debe de ser mi mensaje y no aguanto las ansias. Antes de abrir, deseo que no sea un equipo SWAT.

—¿Tiene algo caliente de comer? Se lo suplico —pide una mujer con apariencia de vagabunda.

Su rostro está limpio.

—Buscaré algo.

—De acuerdo.

Regreso con unos enlatados y al dárselos le palpo las mano, más suaves que las mías. No es de la calle. Se me queda viendo, como esperando algo más.

—El presidente quiere reunirse contigo a medianoche en el monumento de Lincoln, no faltes —dice e intenta irse.

—Dile a Thomas que no hacen falta estas tonterías. No iré a ningún lado y no le dije nada al presidente, ¿qué sentido tendría?

Voltea y me suelta una mirada penetrante mientras se aleja. Aunque intento seguirla, camina rápido y se monta en una moto. Cuando me quedo a mitad de la calle es que noto una camioneta con el rotulado de un enorme pez dorado. El conductor me ve y, al asegurarse de que también lo veo, arranca, dejando al descubierto un sobre que yacía bajo el vehículo. Miro a los lados y lo tomo.

—¿Todo bien, amor? —pregunta Danny al salir y verme acelerada.

—Sí, volvamos adentro que hace frío.

Le agarro la mano para guiarlo al interior de la casa. A medio camino lo detengo. Adentro no podré decirle la verdad y es momento de hacerlo. Lo necesito para que todos tengamos más oportunidad de ganar. Él se me queda viendo y luego nota el sobre, lo entiende.

—¿Me contarás qué es lo que pasa?

—Es momento, Danny, y solo te puedo advertir que no será fácil de comprender la verdadera magnitud de la situación. Pero si lo que hay en este sobre es positivo, quizá tengamos una oportunidad.

No entramos a casa y, con la nieve cayéndonos encima, damos un paseo por las cercanías. Primero le cuento todo lo que he vivido, cada detalle. Al principio él se siente molesto por no haberse dado cuenta, por no haberme apoyado más. Luego sorpresivamente me abraza, me besa y me repite hasta el cansancio que me ama.

—¿Cómo pudiste aguantar tanto, amor? El Anillo, esas misiones, las ejecuciones, la presión de dirigir Seguridad Nacional, estar pendiente de todos, hasta de mí, Dexter, y ahora te atreviste a involucrar al mismo presidente. —Se queda callado por un largo rato—. Abramos el sobre.

Asiento y lo hago:

Mason y yo, personalmente, investigamos y repasamos toda tu impresionante vida. Notamos que las malas circunstancias te persiguen, pero solo eso. No hay un solo indicio de que estés loca, quieras dinero o

—¿Tienes alguna idea? —pregunta Danny.

—Tengo todo planeado, Danny. Vamos a ganar —digo sintiéndome realmente animada—. Te lo resumo de camino a casa, el frío me está matando.

Le explico muy brevemente la idea principal de todo y al instante entiendo que necesitamos más ayuda para mantener al presidente seguro. Dos nombres se me vienen a la cabeza. Un par de amigos desconectados de la civilización y del sistema, son como fantasmas, pero tan leales como Bob.

Busco el contacto en mi celular y llamo con uno de los teléfonos desechables. Al séptimo repique atienden.

—¿Arthur?

—¡Querida Ainara!

—¿Cómo están mis viejos amigos? Hace tanto…

Ellos me sacaron de apuros más de una vez, sobre todo en el tiroteo de Eureka.

—Un par de años, princesa. Benjamin se alegrará de saber que llamaste. ¡Benjamin, Ainara está al teléfono! —grita y puedo escucharlo responder.

—Qué bien que estén juntos, porque los necesito.

—Esperaba que dijeras eso, ¿una última batalla?

—La más difícil…

—Estamos más viejos que la última vez, pero podremos apoyarte. ¿A dónde tenemos que ir?

—Nueva York…

—¡Benjamin, nos vamos a Nueva York!

Les explico a medias la situación, solo para que entiendan que hay mucho en juego, y quedamos en encontrarnos dentro de cinco días.

14

DE VUELTA A CASA

Central Park, Nueva York
27 de diciembre
5:14 p. m.

EL PRESIDENTE ACEPTÓ MI PLAN. Usará un doble para el discurso. Solo él y su jefe de seguridad sabrán dónde y cuándo se dará aquel intercambio, para absolutamente todos los demás nunca ocurrirá. Y el presidente se quedará en una locación segura y secreta. Luego que ocurra el ataque, él confirmará mi historia y se pondrá en contacto con Arthur, quien se encargará de llevarlo a una casa segura en donde Andrew y Dexter los esperarán a todos. Ahí comenzaremos nuestra operación, claro, si todo sale cómo debe en el discurso.

Desde que llegué a la ciudad hace cuatro días, y como preví, la vigilancia del Anillo sobre mí pasó a otro nivel. Me ordenaron aislamiento y que cortara comunicaciones con todos mis conocidos de Nueva York. Revisaron todas mis pertenencias y solo pude esconder un par de teléfonos desechables. Solo utilizo mi teléfono y voy a reuniones con mi gente de Seguridad Nacional. También lograron que a Danny lo enviaran a una misión al otro lado del país sin necesidad de mi aprobación como su jefa, aunque debería llegar mañana en la madrugada. Por si no fuera poco, tengo a un guardaespaldas del Anillo las veinticuatro horas, al malnacido de Alfa.

Cuando Junior se fue a vivir conmigo y luego de todo lo que vivimos en Eureka, ideamos varias formas de comunicarnos por si llegábamos a encontrarnos en problemas serios. Central Park es el último recurso para una situación como esta, extrema. Es mi tercer día trotando aquí. Alfa es bastante perezoso, ya no me sigue mientras corro para «ejercitarme» y se queda fumando en las cercanías, lo que me sirve para dejarle un mensaje a Junior en el lugar que elegimos hace más de tres años. Es necesario que él lo vea y logre ponerse a salvo junto con Amy.

Me aseguro de que nadie me esté mirando y escondo un pequeño paquete con las indicaciones dentro. Estamos a diez grados y tengo un frío casi insoportable, que solo aviva mis miedos y acrecienta mis dudas.

—¿Qué haces allí? —pregunta Alfa con su acento alemán que no soporto.

—Estaba descansando. Nos vamos.

—Al auto.

—Manejo yo —aviso.

Me monto y, como en los últimos días, conduzco hasta el lugar de trabajo de Junior justo a la hora de su salida. Me detengo en una plaza y pido un par de *hot dogs*. Todo depende de que nos logremos ver un instante.

—¿Están buenos? —pregunta Alfa al verme comer con placer.

—Llevo varios días viniendo por ellos, ¿qué crees, idiota?

—Deme cuatro grandes con todo —pide.

Excelente, así estará distraído. Mientras el gigante homicida empieza a comer, diviso a Junior salir junto con unos colegas. Luce increíble con su traje de abogado. Hago gestos para llamar su atención, pero está al otro lado de la calle. Pasan muchos autos por el asfalto y demasiadas personas por las aceras. Aunque por momentos parece que me ve y yo trato de decirle la clave por medio de mis labios, es en vano. No me nota. Se aleja y no tendré otra oportunidad. En medio de mi desesperación, empujo a una mujer que iba pasando. Ella se voltea confundida y molesta hacia mí.

—¿¡Qué le sucede!? —pregunta en voz alta.

—¿¡Qué te sucede a ti, eres ciega!? —grito.

—¿¡Eres loca!? —increpa la mujer que la acompañaba.

—¿Qué ocurre? ¡Largo de aquí, viejas locas! —exclama Alfa con la boca llena.

—¡Loca tu madre! —grita la mujer que empujé y le da un manotazo tumbándole el *hot dog*.

El esposo de una de ellas se acerca corriendo y embiste a Alfa contra el puesto de comida rápida, provocando un escándalo. Entonces Junior me divisa, confundido.

—Ayúdame —digo entre labios y él asiente serio.

Luego recibo el golpe de una cartera en la cabeza.

~

Vivienda Pons, Queens, Nueva York
28 de diciembre
2:00 a. m.

Después de varios días dándole café y sin que nada extraño ocurriera, esta vez eché sedante en la bebida de Alfa y voy por mi último recurso, Peter Bennett. Necesito contarle la situación para que sea nuestro respaldo.

Salgo de la casa y le marco con el último teléfono

desechable que me queda, el otro se lo dejé a Junior. Luego de diez repiques, contesta.

—¿Qué demonios ocurre? ¿No ven la hora? —pregunta de mal humor.

—Hola, Peter. Es Ainara.

—¿Estás bien?

—Eso depende… ¿estás en tu casa?

La línea se queda en silencio por varios segundos.

—Sí, pero esto es un desastre…

—Voy para allá.

Conduzco velozmente por una ciudad desierta y, aunque no hay casi autos ni personas caminando, siento que me vigilan. Es una sensación amarga, angustiante, y más cuando hay tanto en juego. Tardo quince minutos en llegar al edificio. El portero me abre la puerta e indica que me están esperando. Tomo el ascensor y subo.

—No puede ser —susurro.

La música de espera mientras asciendo no ha cambiado y me trae momentáneos recuerdos. De aquella pequeña aventura que tuvimos Peter y yo antes de irme a Washington D. C. Apenas comienzan a abrirse las puertas, intento salir, pero él está parado ahí, a centímetros. Sin camisa, con el cabello despeinado y recién despierto. Nos quedamos mirando en silencio y siento que mi corazón acelera el ritmo.

—¿Estás bien?

—No, Peter. Hay mucho que tengo que contarte.

—Vamos al apartamento.

—No, cualquier otro lugar… a la azotea —digo, pues seguro hay micrófonos o alguna cámara ahí dentro.

—De acuerdo, pero primero iré por unas chaquetas.

Lo hace y vuelve mejor vestido contra el frío. Me da un abrigo y subimos por las escaleras en silencio. Es un momento extraño, sin embargo, así siempre fue nuestra relación, extraña. Incluso antes de comenzar a tratarnos y después de que me ayudara a escapar de la cárcel. Ambos tenemos escudos y muy poco los levantamos, por eso no funcionamos. Con Danny todo fue diferente, por su alegría, por como hace simple las cosas, porque me quiere incondicionalmente.

Llegamos a la azotea. Peter coloca un ladrillo para que no se cierre la puerta y me guía para sentarnos.

—Antes de que me cuentes una asombrosa historia que seguro nos meterá en problemas, feliz cumpleaños —dice y me entrega una caja de tamaño medio—. Sé lo mucho que te gustó.

La abro.

—¡¿Es la…!?

Es un enorme revólver Smith & Wesson Competitor tipo Magnum.

—Así es. Mejor que aquella que no pudimos comprarle al barbudo de la feria.

—Lo recordaste… ¡¿Cuánto te costó!?

—No lo recordé, es que nunca lo olvidé. Es un regalo, no importa el precio. Quise enviártela a D. C., pero pensé que Danny podría molestarse —dice y me mira a los ojos—. Nunca te he olvidado y me arrepiento por cada día que no te dije lo loco que estoy por ti. Por haber dejado que te fueras y no haber sido tan valiente como Danny.

—Peter…

—No pasa una noche que no te recuerde, Ainara.

—No fue tu culpa. No estaba lista para el compromiso —le digo.

—Yo tampoco. Lo arruinamos…

—Nos expresábamos físicamente en la cama, pero nunca tuvimos verdadera intimidad. Nunca me contabas tus preocupaciones ni yo a ti.

—¿Por qué éramos así? En este momento quisiera contártelo todo, cada detalle.

—No lo sé. —Me saca una sonrisa que me diga eso. Pensé que jamás escucharía algo así de él—. Me gustaría saber más de ti, fuiste un completo enigma.

—No sé qué nos pasó, pero me cuesta asimilarlo —dice y me toma por el rostro.

Pega su frente en la mía. Cierro los ojos y lucho por controlar mi respiración, al igual que él.

—¿Y si te dijera que quiero intentarlo? No, no… Qué muero por intentarlo contigo.

Me besa, se separa, repite la pregunta y vuelve a besarme.

—Quédate esta noche —pide y me toma por la cintura.

Nos besamos con pasión hasta que en un momento de lucidez recuerdo dos cosas; que el país está en juego y a Danny, mi Danny. Con delicadeza lo separo de mí.

—No puedo, no ahora, Peter.

—Lo entiendo, no debí…

—Quieren asesinar al presidente, a mí, a ti y a cualquiera de las personas que quiero.

Su rostro cambia.

—Explícamelo todo.

Recibo un mensaje de Danny, está llegando a la ciudad.

—Tenemos veinte minutos.

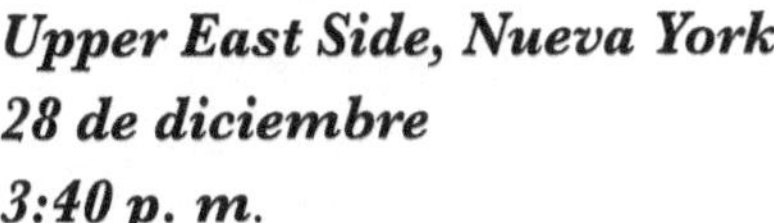

Upper East Side, Nueva York
28 de diciembre
3:40 p. m.

El lugar donde se hará el discurso ya está llenándose de personas; altos funcionarios y personajes influyentes. El doble del presidente espera en un lugar resguardado junto con su poderosa seguridad. Equipos del FBI, Servicio Secreto y Seguridad Nacional cuidan el perímetro más pequeño; cerca y cubriendo más áreas están equipos de respuesta inmediata para los riesgos mayores.

Espero con Danny a Mason, quien tiene las dosis de un compuesto químico hecho por la CIA que reduce la actividad cardiaca hasta el mínimo, útiles para fingir muertes.

—¿Nerviosa? —pregunta Danny.

—¿Tú no?

—Bastante. Prométeme algo —pide y toma un dedo de mi mano.

—¿Qué cosa, amor?

—Que saldrás viva de esto.

—Saldremos vivos, Danny.

Phillip llega con Peter y Jonas. Mi exjefe vestido de traje es un invitado. Se acercan los tres y nos saludamos. Peter luce serio y observa el lugar con recelo. Con él cerca me siento más segura.

—Ainara, verte aquí como la secretaria de Seguridad Nacional me hace sentir tan orgulloso —dice Phillip—. Cuando te acepté en el FBI, tan solo eras una muchacha con demasiado talento. Y ahora…

—No sigas, Phillip. Me sonrojas —pido y le doy un abrazo.

Él me aparta hacia un lado y saca de su bolsillo algo que no veía desde hacía dos años.

—¿Cuántas veces te la quité y te la volví a dar? —pregunta sonriente.

—Perdí la cuenta —digo admirando mi antigua placa del FBI, aún con mi nombre.

—Nunca pude dársela a otro o botarla. Siempre será tuya —asegura y me la cuelga en el cuello.

Me la tapo con la chaqueta y le agradezco de corazón. Intento volver con Danny, pero Mason se me acerca. Deja caer en mis bolsillos un par de jeringuillas y varios frascos.

—Todo está listo. Solo queda aguardar a que todo dé inicio. Espero que no tengas razón.

—Desearía que no, Mason. ¿Tienes un buen plan de escape para el doble?

—Siempre lo tenemos. Aunque sería más fácil si pudiera poner a mis hombres en alerta. Si ocurre, nos apegamos al plan. ¿Tus hombres están preparados? —me pregunta Mason.

—Todos saben lo que tienen que hacer durante y después. La ambulancia tiene a nuestro hombre listo para el traslado.

—De acuerdo. Ya es la hora. Voy por el «presidente». Mantente cerca, Ainara —ordena Mason y se va.

Un par de minutos después el acto está por iniciar y hace más de una hora que Junior debió avisarme que está en un lugar seguro. Mi teléfono suena por un mensaje de Thomas: «Buena suerte, querida Ainara». Así será lo que nos espera. Al levantar la mirada de la pantalla, noto que Peter y Danny me observan fijamente. Lucen preocupados.

Danny sale de su posición y se me acerca con rapidez.

—Durante todos estos días lo pensé, lo pensé mucho. —Me toma de la mano y me lleva a un rincón—. Sé que es el peor momento, sé que aún no me dices que me amas…

—Amor, ¿qué te ocurre, te sientes bien? Debemos volver, atacarán en cualquier momento —digo y lanzo una mirada al lugar.

Danny está nervioso. Se queda pensativo, queriendo decir algo.

—Estoy bien, tienes razón —dice con algo de desaire en la voz e intenta irse.

Lo tomo por la mano y lo jalo hacia mí con fuerza. Quedamos de frente y muy cerca, me olvido de quienes puedan vernos. Él me mira con sus tiernos ojos, confundido y quizá con algo de miedo. Pero miedo por mí, de perderme. Es el único hombre que nunca me ha decepcionado, el único que realmente me ha amado. Le doy un beso y lo abrazo.

Mientras él me aprieta entre sus brazos, comienzo a sentir pánico de que todo salga mal y nunca volvamos a estar así.

—Danny, gracias por estar aquí y por estar a mi lado. Perdóname por no ser la más cariñosa, por no darte todo lo que te mereces. Eres el mejor hombre que conozco.

—No digas eso, amor. Me das más de lo que podría desear. Soy muy feliz…

—Danny, yo te… yo te a…

—Reed, Pons, a sus posiciones —comunica Mason—. Empezamos en segundos.

—Lo sé —dice y me besa a pesar de la mirada impaciente de Mason—, siempre lo he sabido. Yo también te amo.

15

CORAZÓN ROTO

Upper East Side, Nueva York
28 de diciembre
Presente

—Uno, dos, tres. ¡Ainara! ¡Vamos, despierta! —escucho a lo lejos mientras siento presiones en el pecho.

Voy recobrando la conciencia, pero tengo dificultad para respirar y el pecho me arde. Estoy en un pasillo. Peter está sobre mí, tiene sangre en el rostro. Presto más atención y escucho los disparos, que no cesan.

—Peter, ¿qué pasó?

—No hay tiempo de explicar mucho. Jonas mató al doble del presidente y tú te salvaste por la placa del FBI. Cuando te iba a rematar, tuve que dispararle en la cabeza. Afuera se está controlando la situación con la ayuda de SWAT y los Delta, pero aún quedan enemigos.

En un par de segundos recobro la lucidez por completo y siento que el corazón intenta salirse de mi pecho.

—¡Danny! Lo vi caer, ¿¡está vivo!? ¡Dime que sí, Peter, por favor!

—Pero grave. No sé si sobreviva. Debemos proceder con el plan ahora o nada habrá valido la pena. Al doble del presidente no hay que hacerle nada, está muerto. Pero debes darme las inyecciones, yo me encargaré de fingir y mantener tu muerte hasta después del velorio.

—Danny… mi amor…

—¡Ainara, es ahora o nunca! —exclama y atraviesa una barra de acero en la entrada del pasillo.

Todo el plan ha sido una mierda. Han muerto demasiados y mi Danny está entre la vida y la muerte. Pero no puedo rendirme ahora. Peter me ayuda a levantarme y ponerme el chaleco antibalas. Respiro profundo para recuperar fuerzas y me alejo para que el chaleco funcione.

—¿Mason sigue vivo?

—Sí, le dieron en una pierna. Solo un rasguño. Vivirá.

—Dame dos disparos, al pecho y abdomen —le pido.

—¿Preparada?

—Sí…

Me doy contra la pared por los impactos de bala. Peter me ayuda a sentarme mientras me pregunta si estoy bien y me revisa debajo del chaleco.

—Viviré… Peter, mi muerte debe parecer real y mi cuerpo, un verdadero cadáver. La inyección hará su parte en mi interior, tú encárgate del exterior. ¡Al despertar comenzará mi cacería y te juro que los atraparé a todos! Todo depende de ti ahora, Peter. Suerte y, por favor, no dejes solo a Danny.

—Nos vemos en un par de días —dice y yo siento que el líquido de color ámbar me quema las venas.

Él se queda hablándome y yo poco a poco dejo de escuchar, ver y sentir.

Casa segura, Nueva York
Tres días después

Abro los ojos con dificultad. Estoy empapada en sudor. La cabeza me está matando y tengo tanta sed que podría beberme una piscina. No reconozco el lugar ni recuerdo nada, comienzo a ponerme nerviosa. El cuerpo me pesa y pensar en levantarme de la cama es demasiado esfuerzo. Quiero gritar para pedir ayuda, pero necesito aclarar mi mente primero. El último recuerdo claro que tengo es en el hotel junto con Dexter y todos esos muertos. Aunque intento concentrar mi mente, no puedo.

Muchas imágenes me vienen a la cabeza, de forma rápida y desorganizada. Escucho disparos, gritos y una escena me hace reaccionar.

—¡Danny! —suelto en voz alta y me siento en la cama.

—¡Ainara despertó! ¡Despertó, vengan todos!

¿Benjamin? Mis dos viejos entran en la habitación corriendo. Uno con una jarra de agua y el otro con un vaso.

—Bienvenida de vuelta a la vida, princesa —dice Arthur y me da el vaso.

—No recuerdo casi nada, Benjamin. ¿Dónde está Danny?

—Son efectos temporales por el exceso de drogas en tu cuerpo. Recordarás todo muy pronto.

—No puedo esperar, ¿Danny está bien? —pregunto con miedo.

—Debes descansar —dice Dexter al entrar—. Aún no debes poder ponerte en pie. Bennett te administró varias dosis para mantenerte «muerta». Y realmente pudiste morir. Aún tienes muchos restos de esa droga, por eso te sientes así.

—¿Mantenerme muerta?

Andrew también entra. ¿Qué reunión es esta? Me cuenta que tuvieron que falsificar un montón de documentos y explicarle la situación a un médico forense para que los ayudara a mantener la farsa mía y del presidente.

—¿El presidente?

—No recuerda nada, *nerd*. Estos jóvenes no tienen tacto —suelta Arthur.

De repente una gran debilidad ataca mi cuerpo y me debo recostar. Vuelvo a preguntar por Danny.

—Ahora debes descansar —pide Andrew.

—¡Danny! ¿Dónde está?

—Ponle el sedante —dice Dexter.

—¡No se atrevan! —grito con furia.

Para mi asombro, entra el presidente a la habitación junto con su jefe de seguridad —el último tiene vendajes en la pierna—. Quedo enmudecida.

—Señor, ¿qué hace aquí? —pregunto y siento las lágrimas descender por mis mejillas.

Se sienta en la cama, a mi lado. Me toma de la mano.

—Todo está bien, hija. Nunca podré agradecértelo lo suficiente, seguimos vivos gracias a ti. Eres nuestra heroína. Pero ahora debes descansar para que luego podamos recuperar a nuestro país —dice y le asiente a Dexter. Aunque siento el pinchazo de la aguja, ya no tengo fuerzas para luchar—. Te necesitamos, Ainara. Recupera tus energías.

~

Casa segura, Nueva York
Cinco días después
10:15 a. m.

Apenas desperté, hace un par de horas, lo recordé todo. Quise salir corriendo al hospital. Los amenacé a todos porque no me dejaban ir, pero al final pude calmarme y pensar con ellos cuál sería nuestro siguiente paso. O si no, como me repitieron varias veces, nada habrá valido la pena.

Si bien ahora intento tomar mi primera comida sólida en cinco días, no puedo. Tengo una y solo una preocupación en la cabeza: Danny. Me dijeron que está en coma, en la unidad de cuidados intensivos y que el pronóstico es reservado; lo que significa que es tan malo que no quieren decirlo.

Por otro lado, nos culparon a mí y a Dexter de ser los cómplices principales del atentado que cobró la vida del presidente, numerosos agentes y decenas de inocentes. Mostraron un video de nosotros cuando asaltamos la camioneta de la prisión del condado y yo secuestré a Malcolm, a quien luego mostraron muerto con balas disparadas por mi Heckler. Añadieron falsas pruebas e hicieron todo un montaje. Dexter es el hombre más buscado del planeta y mi memoria quedó resumida en una sola palabra, «traición». Sin embargo, es lo que menos me importa.

Estamos todos sentados en la espaciosa sala de la enorme cabaña que Benjamin alquiló a las afueras de la ciudad. Dexter junto con Mason se encargaron de asegurarla con numerosas cargas explosivas, trampas de guerra e instalando los sistemas de Andrew, cámaras térmicas, sensores de movimiento y drones domésticos para vigilar el perímetro.

—Debes comer algo —insiste Arthur.

—Estoy bien, mi viejo. No te preocupes. Andrew, infórmame.

—Por el lado de Thomas, las cosas andan extrañas. Aunque no puedo escuchar sus llamadas, sí sabemos que se han triplicado desde el atentado. Lo mismo ocurre con la secretaria de Estado, pero utiliza líneas muy seguras porque cambiaron todos los encriptados con el nuevo Gobierno; tampoco puedo oírla. Si me dejaran entrar de nuevo a los servidores de Seguridad Nacional o a la NSA, haría posible cualquier cosa.

—Necesitamos actuar. El vicepresidente Campbell está haciendo cambios que no me gustan y me hacen pensar que es del Anillo —suelta el presidente, preocupado.

Quizá por los bajos ánimos y la preocupación por Danny, no sé qué hacer ni por dónde empezar. Tampoco tengo motivación alguna. Solo quisiera que él se levantara de la cama y nos fuéramos para siempre.

—Solo planeé ponernos a salvo y suponía que pelearíamos mejor sin nadie detrás de nosotros —digo.

—Sé cuál es el siguiente paso —dice Dexter y todos volteamos a verlo—. Conocemos con certeza a uno de los miembros, uno que es quien se ha encargado de reclutar a los demás y debe conocer casi todos los detalles de la organización. —Se queda en silencio por unos segundos—. ¿Qué esperamos para ir por él?

—No me agrada el *Seal*, es muy cabeza dura. Sin embargo, tiene razón. Secuestremos a ese malnacido y torturémoslo hasta que diga todo. Es hora de que empiecen a sentir miedo y ya no tienen cómo o con qué amenazarnos —coincide Mason—. Lo haré yo. Iré a Arlington ahora mismo, serán cuatro horas.

—Es mi plan, marine. Lo haré yo —discute Dexter.

Arthur, que sacaba cervezas de una de las neveras, empieza a repartir una ronda con Benjamin.

—Tómense una para que se calmen —pide Benjamin—. Dexter, eres el hombre más buscado. No puedes salir por ahora o podrías ponernos en riesgo a todos.

—¿A mí por qué no me dan? Tengo más de veintiuno —pregunta Andrew.

—Mis disculpas —dice Arthur y le entrega una.

La experiencia es algo curiosa. Todos nos sentamos y nos relajamos un poco con la cerveza. El presidente temía quedarse sin su hombre de confianza, sin embargo, aceptó que fuera por Thomas y lo trajera a la fuerza.

~

Hospital Bellevue, Nueva York
3:00 p. m.

El amor nos hace fuertes y a veces nos convierte en tontos. No pude resistir y me escapé para venir a verlo. Me disfracé de enfermera, logré evadir la poca seguridad que le han puesto por creerlo mi cómplice y ahora lo tengo frente a mí, inconsciente, entubado y al borde de la muerte. Estoy paralizada, no he podido tocarlo. Todo es mi culpa, si no lo hubiera buscado aquella vez, estaría bien y seguramente haciendo feliz a una mujer que lo supiera valorar.

Lloro en silencio con ganas de hacerlos pagar a todos. Detesto el sonido de la maldita máquina que lo mantiene vivo y al mismo tiempo agradezco que esté allí funcionando.

—Te amo, mi amor. Por favor, levántate para poder decírtelo todos los días y a cada instante. Te amo, te amo…

Tomo su mano, está helada.

Mi teléfono desechable, que tiene rato vibrando, no se detiene. Respiro profundo y atiendo.

—Sé dónde estás, pero no es lo importante —dice Andrew—. Mason llamó desde la casa de Thomas. La atacaron y destruyeron casi por completo. No tenemos idea del paradero de Thomas. Está pasando algo grave y evaluamos irnos de aquí, necesitamos otra estrategia.

—Voy enseguida —aseguro y corto la llamada.

Cuando voy a darle un beso en la frente a Danny, comienza a convulsionar y la máquina a chillar. Mis latidos se descontrolan y mis lágrimas escapan sin control ante la impotencia.

—¡Auxilio! —exclamo y luego me tapo la boca.

No pueden saber que sigo viva. Un par de enfermeras entran corriendo y yo salgo sin decir nada. Lloro sin poderme controlar y sin poder moverme de la puerta. Necesito saber si se recuperará, no importa que me reconozcan. Pero la vida nunca es como es, nunca como quiero.

—Se ha ido. Anota la hora —dice una de las enfermeras después de haber intentado salvarlo.

Caigo de rodillas con la sensación más poderosa de dolor y soledad que jamás haya sentido en mi vida. Con el corazón roto, destruido.

16

¡TERMINEMOS CON ESTO!

Alrededores, Casa segura, Nueva York
Noche

APAGUÉ EL TELÉFONO DESECHABLE. No sé cuánto tiempo llevo dentro del auto. No he parado de llorar. Es como si me hubieran arrancado las ganas de vivir, como si todo lo que antes tenía importancia, la perdió. Solo la muerte de mi hermana Rachel se asemeja a este dolor tan asfixiante.

Siento que ya no tengo nada que hacer en esa cabaña. No hay misión o país que me interesen. Ya lo perdí todo y ellos tendrán que arreglárselas sin mí.

—¡Al diablo! —suelto e intento encender el auto para irme, pero no puedo—. ¡Maldita sea, maldita sea!

No puedo dejarlos solos y arriesgar el maldito plan. Golpeo el volante con todas mis fuerzas hasta que me canso. Grito, pateo y por último dejo mi cabeza reposar contra el timón. Cierro los ojos.

La puerta del copiloto se abre y alguien se sienta.

—¿Estás bien, Ainara? —pregunta Thomas.

—Dime que vienes a matarme —digo sin darle importancia.

—No, vengo como amigo. ¿Cómo sigue Danny? —pregunta, no respondo—. Un amigo mío te vio en el hospital y me avisó. Sin creerle, le pedí que te siguiera y aquí estoy. Lo lamento.

—No, no lo lamentas. ¿Por qué viniste, Thomas?

—Quieren deshacerse de mí…

—¿Y por qué eso me tiene que importar? —pregunto aún con los ojos cerrados.

—Sé quién es el líder y tengo una montaña de pruebas aquí encima. Podemos destruir al Anillo, si el presidente sigue vivo. Lo sigue, ¿verdad?

Abro los ojos. Le pregunto quién más sabe de nuestra ubicación y me señala a Alfa, solo ellos dos. Bajamos del auto. Aún no sé si es una trampa. Sin embargo, podría ayudar a que terminemos con esto y que yo consiga venganza.

—¿¡Quién es el maldito líder!?

—Tim Campbell.

—De acuerdo, vamos adentro, pero ese imbécil no puede venir con nosotros —digo y señalo a Alfa.

—Tu casa, tus órdenes. Alfa, ¿ves ese árbol de allá? —pregunta y el alemán voltea. Thomas saca un arma y le dispara en la cabeza—. Listo, no hay cabos sueltos.

En otro momento me habría exaltado, ahora no; hasta sentí alivio al verlo caer muerto. Reviso a Thomas, lo desarmo y lo guío a la cabaña.

～

Thomas sacó de un bolso una montaña de documentos con fotografías, discos duros y *pendrives*, con información de todos los miembros del Anillo. Explicó que era su seguro de vida y que ahora que lo quieren muerto, deseaba colaborar. Con la condición de que le dieran un indulto y lo metieran en el Programa de Protección al Testigo. Nathaniel, con tal de descubrir a sus enemigos y así poder regresar a su lugar, aceptó.

El primer video que Thomas les coloca al grupo es del vicepresidente. Según por lo que inevitablemente escucho de la computadora y los comentarios, sale asesinando a sangre fría a un sujeto y vocifera ser el líder que el Anillo necesita; o algo así entiendo.

Me vine a un cuarto para estar sola.

—¡Sabía que era ese malnacido! —grita el presidente—. Es el más beneficiado. Con razón lo primero que hizo fue eliminar las sanciones a Rusia, para él negociar el petróleo barato.

—¡Vamos por él! —dice Dexter.

—¡Campbell está dando una rueda de prensa en cadena nacional en el Madison Square Garden, aquí en Nueva York! —anuncia Andrew.

—¡Vamos, no puedo esperar a ver su rostro cuando me vea vivo…!

—¡Iremos, sí! ¡Pero, muchachos, ahora tenemos compañía! —informa Andrew.

Mi rabia se desata. Me levanto, voy a la sala.

—Tengo a más de veinte en las cámaras. Vienen por el frente a cincuenta metros y acercándose.

Todos miramos a Thomas.

—No fui yo, se los juro…

—¿¡Quién más!? Deme la orden, presidente, y lo elimino —pide Mason.

—¡Alfa! El hombre que me acompañó tenía un teléfono, debieron rastrearlo.

—No importa. Vamos a eliminarlos a todos —digo mientras tomo un rifle y comienzo a armarme.

Mis viejos y Dexter me imitan. Nos distribuimos las armas y cargadores. Mason se nos pone al frente.

—No podemos enfrentarlos con el presidente aquí…

Una de las minas que cubre el perímetro explota.

—Si muero, todo habrá sido en vano. Llévenme a donde está Campbell, llevaré las pruebas y hoy mismo caerán todos —ordena el presidente.

A pesar de que vienen por nosotros, discutimos por quién lo llevará y quiénes se quedarán.

—¡No pienso huir más! —digo con determinación.

—Ainara, ¿recuerdas el hotel? Será pan comido para mí, y además, tengo a Mason.

—Yo me quedaré como apoyo. Podré guiarlos desde los monitores —agrega Andrew.

—Nosotros dos ya estamos viejos para correr. Cuidaremos al *nerd* —suelta Arthur.

Otra bomba explota, entretanto, todos me miran a la expectativa. Nathaniel se me acerca.

—Lo siento por tu pérdida, hija. No puedo imaginarme tu dolor y créeme que si hubiera alguna manera de reponer todo lo que has perdido, haría lo que fuera. Pero solo podemos ganarles a esos malnacidos y cobrarles hasta el último de los daños. No les demos el gusto de habernos quitado todo y que sigan respirando la libertad. Aquí, en esta cabaña, solo hay una batalla más, ganemos la guerra allá.

Asiento al coincidir en que no los dejaré ganar, no después de todo. Voy hacia mis viejos, los abrazo y les ruego que no mueran. Mason me da la mano, Dexter me guiña el ojo y Andrew me desea suerte desde su computadora.

—Thomas, vienes con nosotros —ordeno y le lanzo un chaleco.

—Será un placer irme de aquí.

Los disparos comienzan a impactar en la cabaña cuando los tres escapamos por la parte trasera.

~

Madison Square Garden
9:15 p. m.

—¿Cómo vamos a pasar con tanta seguridad? —pregunta Thomas.

El presidente voltea a verlo y se señala.

—Soy el verdadero presidente. Apenas me reconozcan, me dejarán pasar.

—¡Terminemos con esto! —pido y bajo del auto.

Los tres caminamos hacia una de las entradas. El vigilante se queda impactado e intenta llamar al equipo del Servicio Secreto, pero Thomas lo detiene.

—El hombre que cuida a Campbell o quizá todos deben estar implicados, si saben que estamos aquí, nos asesinarán. Nuestra única oportunidad de hacerlo en este momento es con la sorpresa.

—No, así no lo haremos —dice el presidente y le habla al vigilante—: ¿Sabes quién soy?

—Nathaniel Morgan, yo voté por usted.

—Entonces no hagas nada y quédate en silencio. ¿Llamamos a la policía?

—El Servicio Secreto y el Anillo deben monitorear las llamadas al 911, no es buena idea —dice Thomas.

—¡Carajo, soy el presidente!

Le pregunto a Thomas si Phillip es miembro del Anillo y, al recibir una respuesta negativa, lo llamo. Al principio Phillip no cree que sea yo, que sigo viva ni nada de lo que le cuento, supone que es una broma de muy mal gusto.

—La placa del FBI que me regalaste me salvó del disparo de Jonas, siempre me has cuidado, a veces sin saberlo. Te prometo que tomaré vacaciones largas esta vez… ya no me queda nada —digo con la voz quebrada.

—Querida Ainara… ¡Dios mío!

—Necesitamos ayuda…

El presidente me quita el teléfono y habla con Phillip. Le ordena que traiga a todos sus hombres de confianza de rangos más bajos —sugerencia de Thomas—, sin que sepan para qué.

En veinte minutos llegan más de cuarenta agentes del FBI, Peter y el mismo Phillip en persona. Después de recibir un abrazo de ambos y prepararnos, entramos.

Todos los agentes del Servicio Secreto mostraron sus respetos al presidente y se nos iban uniendo, pero respetando el anillo de seguridad del FBI.

Campbell está practicando unos lanzamientos para ganarse la simpatía del país cuando nos ve llegar. El balón se le cae de las manos, sus ojos se agrandan al máximo y su boca queda completamente abierta. En cuestión de segundos su rostro cambia a ira. El estadio se silencia por completo.

—¡Maldito viejo! ¡Me vendiste! —grita furioso.

—¡Tú nos utilizaste a todos! —replica Thomas.

Sin dudar, Campbell toma el arma de su jefe de seguridad. Todos cubrimos al presidente y cuando intenta dispararnos, Thomas lo hace primero, con mi arma. El líder del Anillo cae muerto.

~

Vivienda Pons-Reed. Washington D. C.

Un mes después

Llevo un par de semanas intentando recoger todas nuestras cosas, las mías y las de Danny, me ha sido imposible. Tan solo verlas me produce un dolor demasiado profundo. La compañía de Bob, que antes era más que suficiente para mí, no logra mitigar la sensación de vacío que tengo adentro. Hasta intenté dejar ir a Danny como me explicó aquel hombre en Great Falls, con un globo, su foto y diciéndole todo lo que llevo por dentro; no funcionó. Tampoco importa que hayamos ganado y que el Anillo y sus miembros estén presos o sean prófugos.

Thomas colaboró con el presidente para ello y fue incluido en el Programa de Protección al Testigo. Cayeron tantos cargos altos del Gobierno que hicieron una reestructuración casi completa. Empresarios y miles de personas fueron salpicados. Quienes no cometieron crímenes graves podrán pagar una fianza o condenas mínimas, los demás vivirán en la cárcel de por vida.

Mi viejo amigo Jonas dejó en su testamento una carta para su esposa. En esta él le explicó, y ella nos contó a sus cercanos del FBI, cómo fue forzado a ser un miembro del Anillo y a traicionar a su país. Al igual que a la mayoría, lo tenían amenazado con su esposa y sus dos hijos. No lo puedo culpar ni le guardo rencor, todo lo contrario, quisiera haberlo podido salvar. Era uno de los mejores agentes que he conocido y Peter quedó muy afectado tras haberle tenido que disparar, aunque tampoco tuvo opción ni tiempo para pensar.

Dexter y Andrew recibieron el indulto presidencial. Dexter, Danny, Arthur y Benjamin fueron condecorados con el reconocimiento más alto, recibieron la Medalla de Honor. El presidente quiso rendirme honores y me ofreció el cargo que yo quisiera en el Gobierno, yo le pedí tiempo. Aunque no pienso volver.

La medalla de mi amado la recibió su madre y ella a cambio me dio algo que Danny había comprado para mí.

Desde entonces miro la sortija de compromiso todos los días, siempre terminando deprimida. Recordando que él intentó pedirme matrimonio justo antes de que empezara el discurso del doble del presidente, pero fui tan idiota que no pude darme cuenta.

—Nada es lo que parece y nunca vi lo obvio, Danny. Nada es lo que parece… nada es lo que parece…

Sin razón, me viene a la cabeza las últimas palabras que me dejó Leonore en el video; «con ellos nada es lo que parece, si encuentras un camino fácil, significa que vas en la dirección que ellos quieren, la equivocada».

De repente, todo lo que parecía estar bien, deja de estarlo.

EPÍLOGO

Nicaragua
Un año después

—¿CÓMO me encontraste, Ainara? —pregunta Thomas.

—Intento nunca dejar de sorprenderte —respondo.

—¿Por qué estás aquí? Aunque me alegra verte —dice con una falsa sonrisa.

—No deberías, porque lo descubrí todo. Algo nunca encajó, y cuando te desapareciste del Programa de Protección al Testigo, empecé a sospechar. Las cámaras en tu casa nunca estuvieron conectadas, eso encendió las alarmas y entendí que nadie te vigilaba, era lo que querías que pensaran todos. Entonces fui a conversar con tu nuera. Ella me contó una interesante historia sobre el asesinato de su esposo y me mostró las pruebas que tu hijo le había dado para que las utilizara si algo le pasaba, pero ella tuvo miedo y calló. Era información clave sobre el líder del Anillo, sobre ti. Grabaciones de audio, ¿quieres oír alguna?; transacciones bancarias con fechas, montos y motivos; una foto tuya delante del cadáver de un senador en tu casa, del que se dijo que murió por un asalto.

—No puedo…

—Cállate. Eras el líder, ¿no? ¿Por qué te atacaron después de que pensaran que el presidente había muerto?

—Sí, lo era. No calculé que estar tanto tiempo encerrado en mi casa me desconectaría de los miembros. Solo continuaba amenazándolos, personalmente o con mis «jefes de división». Tenía al menos dos en cada estado. Ellos utilizaban el mismo programa para disfrazar la voz y siempre parecía que era yo el omnipresente. El idiota de Campbell y los engreídos de Washington creyeron que podían convertirse en los jefes e intentaron sacarme del medio y quitarme todas las pruebas que había recolectado en cinco años.

—¿De qué valió todo?

Se encoje de hombros, baja la mirada y responde.

—De verdad quería hacer del mundo un lugar mejor. Más orden, menos personas inútiles, más progreso…

—Las misiones, solo eran para hacerme perder tiempo, ¿no?

—Sí y no. Saqué a Leonore del medio porque ya se había revelado y necesitaba a alguien nuevo que, con tanta presión encima, solo hiciera caso mientras yo continuaba con mis planes. Jamás imaginé el nivel de tu capacidad.

—Solo responde dos preguntas más. ¿Mataste a tu propio hijo? ¿Por qué me elegiste a mí?

—Comenzaré por la más fácil. Te elegí porque gracias a ti nació la idea de todo esto y era poético. La segunda pregunta…

Intenta sacar un arma de su espalda y le vuelo la cabeza con la Magnum que me regalo Peter.

NOTAS DEL AUTOR

La mejor recompensa para mí como escritor es que tú, estimado lector, hayas disfrutado de la lectura de esta novela. La mejor ayuda que como lector me puedes ofrecer es brindarme tu opinión honesta acerca de ella.

Para mí es sumamente importante tu opinión ya que esto me ayudará a compartir con más lectores lo que percibiste al leer mi obra. Si estás de acuerdo conmigo, te agradeceré que publiques una opinión honesta en la tienda donde adquiriste esta novela. Yo me comprometo a leerla.

Si deseas leer otra de mis obras de manera gratuita, puedes suscribirte a mi lista de correo y recibirás una copia digital de mi relato *Los desaparecidos*. Así mismo te mantendré al tanto de mis novedades y futuras publicaciones. Suscríbete en este enlace:

https://raulgarbantes.com/losdesaparecidos

Si has disfrutado leyendo *Juro combatirte*, te invito a leer las otras novelas de la serie Ainara Pons:

Juro vengarte: Agente especial Ainara Pons n° 1
Juro cazarte: Agente especial Ainara Pons n° 2

Finalmente, si deseas contactarte conmigo puedes escribirme directamente a raul@raulgarbantes.com.

Mis mejores deseos,
Raúl Garbantes

goodreads.com/raulgarbantes
instagram.com/raulgarbantes
facebook.com/autorraulgarbantes